決戦の時（上）

Shusaku
EnDo

遠藤周作

P+D
BOOKS
小学館

目次

跡目相続

末森城という城があった。

現在の名古屋市、千種（ちくさ）区・田代町にその跡が残っている。一部には愛知学院大学の大学院が建てられている。

城といっても堂々たる天守閣を持つ江戸時代の城ではない。丘陵に砦をつくり麓に城主の館をおいた典型的な戦国時代の戦闘用の城だった。

四百四十年ほど前の天文二十年三月三日、ここで一人の男が息を引きとろうとしていた。織田信長の父親、信秀である。備後さまと呼ばれた男である。男の厄年は四十二歳というが、この時、彼も四十二歳だった。疫病（えきびょう）にかかり、加持祈禱、医師（くすし）たちがさまざまな手当てを行ったがその効もなく、今、息を引きとろうとしている。

城内の控えの間には続々と彼の一族や重臣（おとな）たちが集まり、それぞれの思惑を胸にひめて、顔だけには沈痛な表情をうかべていた。

信秀は、もとは尾張の守護・斯波(しば)氏の代官の、そのまた家来にすぎなかったが次第に力を獲得し、隣国の美濃や三河にまで転戦できるほどの勢力を築いた男である。

したがって彼の行動にはどうしても無理が生じた。強引さもあった。出る杭は打たれるの例の通り、一族のなかにもひそかに不平不満を持つ者もいたし、一応は服従した国人(こくじん)や地侍のなかにも虎視眈々として機を狙っている者もあった。

末森城の控えの間に集まった者はそんな本音をかくして、男の死をじっと見守っていた。

日が暮れかかった。信秀の弟の孫三郎信光が暗くなった控えの間の戸をあけて、

「ただ今、兄者(あにじゃ)、御他界」

とかすれた声で皆に告げた。

予期したことだったが、吐息とも溜息ともつかぬものが控えの間に拡がった。一同は立ちあがり、一族を先頭にたてて遺体のおかれた部屋にむかった。

五日後、信秀の四人の弟を中心に重臣たちが葬儀のこと、今後の仕置きのことを同じ末森城で談じあった。

だが奇怪なことにこの談合では信秀の正式な葬儀は三年後に延ばす、と決めた。

「御葬儀は取り行わず、両三年の後、これを行うなり、国中、風聞の取り沙汰あれど、某(それがし)ども、

その真意を知らぬなり」

と後に豊臣秀吉に従った前野一族の文書「武功夜話(ぶこうやわ)」では「その真意を知らぬなり」と奥歯にものの挟まったような言いかたをしている。

亡くなった信秀に子供がいなかったわけでもない。正式の嫡男は幼名・吉法師、現在十八歳の三郎信長である。彼には同腹の弟、信行をはじめ腹ちがいの兄弟、信広、信包(のぶかね)、信治、信時、信興(のぶおき)、それに妹のお市(いち)たちがいる。跡目をつぐ子供には不足してはいない。

だがこの夜、一門、重臣たちは葬儀を延期することによって故人の信秀の遺領をすべて委ねる人物を決めなかった……。なぜか。

そこから、この小説をはじめたい。

葬儀を行えば、当然、跡目を決めねばならない。

それが間近になった。

先にも書いたように信秀の嫡男はもちろん十八歳になる三郎信長である。彼には一人の兄がいるが、信秀庶子であって正統のあと継ぎではない。

だが一族の棟梁としての資格がこの青年にあるかどうかとなると一同、首をかしげた。

第一に粗暴な面が多い。しかも猿楽や歌舞にうつつをぬかし、遠縁にあたる織田七兵衛尉の住む岩倉城へたびたび遊行して共に歌ったり舞ったりしている。

更に行動に品位がない。町を通る時でも人眼はばからず柿や栗や餅をくらいながら歩く。人に寄りかかったりその肩にぶらさがったりする。

要するにいつの世にもいる作法知らずの遊蕩児にみえた。今でいえば盛り場のディスコで夜を徹して踊りまわっている世代の一人だと考えてよい。

そんな頼りない若者を一族の棟梁として迎えるわけにはいかない。

「それに引きくらべ、御弟の勘十郎殿は」

と評定の折も重臣の一人、林通勝が提案した。

「御幼少の頃より分別智慧のあられるお方。むしろ亡きお屋形の跡目にはこの信行殿こそふさわしいと存じまするが……」

談合の席ではこの意見に肯く者が多かった。それほど三郎信長の評価は芳しくなかった。

「だがそれでは筋目がたたぬぞ」

とこの時、口を出したのは信秀の弟、つまり信長の叔父にあたる織田孫三郎信光だった。彼は後にもたびたび信長に力を貸すようになる。

「何と申しても嫡男は嫡男。その嫡男をさしおいて、直ちに信行に跡をつがせば、家中に動揺不安も起る。場合によっては二つにわれぬとも限らぬ。三河、駿河、美濃のみならず、この尾張にさえもまだ敵の多き我らにとっては賢策とはいえぬ。されば……」

されば……葬儀をしばらく延ばし、一門、力をあわせて地盤を固めた後にゆっくり後継者を決めてはどうかというのが、孫三郎信光の意見だった。

それぞれに野心のある一族には棟梁を早く決めるよりは延期してくれるほうが有難い。

「葬儀は三年後に遅延いたしたい」

それが結論となった。

この談合には信長はもちろん、出席しなかった。五日前、父親の臨終と死を見守ったあと、信長は父から与えられた那古野の城に戻っていた。そしてそのかわり彼の後見役・平手政秀が出席していた。

彼は会議のあいだ、ほとんど発言せず暗い顔をして正座をしていた。幼い時から粗暴だった吉法師（信長の幼名）の後見役を信秀に命ぜられた人物だけあって、政秀は謹厳そのものだった。

談合が終ると花曇りの空の下、政秀は那古野の城に帰った。当時の那古野城は現在の名古屋城のなかにあった。

「三郎さまは、鷹狩りに参られております」

と小姓の言葉を耳にすると政秀は不機嫌に顔をしかめた。三郎さまとは信長のことである。父の信秀が他界してまだ六、七日にもならぬのに信長は既に鷹狩りに出ている。本来ならば身を慎み、喪に服さねばならぬ日々なのである。

苦々しい表情で控えの間に端座した政秀は二時間ほど信長の帰還を待たねばならなかった。

やがて——

大きな足音が黒光りのする廊下の向うから聞えた。信長が帰城したのだ。

「お戻りでございますか」

と政秀は手をついた。

湯帷子(ゆかたびら)の袖をなおし、汗まみれのまま青年は政秀の前にどっかとあぐらをかいた。

「末森のお屋形さまが亡くなられて、まだ七日もたっておりませぬが……。喪のさなかに鷹狩りのごとき殺生、如何かと存じます」

政秀は、いつものように訓戒をのべた。それがまるで毎日の癖のようになっていた。

返事はない。黙って政秀を見つめている。それがこの細面の青年の政秀への態度だった。政秀はそのたびごとに何ともいえぬイライラとした感情を抱く。

(若殿は何を考えておられるのか)

彼にとって世代の差、年齢の差をこれほど感じさせる相手はいない。政秀のような年輩から見ると無軌道で作法も心得ず、それをいかに教えても守ろうとしない。政秀には二人の子がいて、いずれも信長とほぼ同じ年齢だったが、信長よりは分別もある。作法も心得ている。

「棟梁におなりになるためには重みがなければなりませぬ。重みがなければ家臣におのずから侮り（あなど）を受けます」

政秀は、この能面のように無表情な顔をした青年にいつもと同じ訓戒をたれつづけた。青年はこの後見役の意見を無視したように、途中でその意見を遮り、

「葬儀の日どりは」

とたずねた。

「御葬儀……両三年、延期となりました」

「なんと」

はじめて信長の感情のない顔に驚きが走った。

「叔父上たちも末森城の重臣もそれに賛同したのか」

「御賛成にございました。おわかりでございますか。若殿には棟梁たるべき御仁（ごじん）にあらず、両三年まって相応（ふさわ）しきお方に御成長の暁、御父上の御葬儀と跡目の御相続を致そうと申すのが御一門のお気持にございます」

信長は政秀の顔を凝視してしばらく考えこんでいたが、

「談合の折、誰がとりわけ葬儀の日取りについて口を出されたのか」

「信康さま、信広、信光さま、信次さま、御叔父さまたちすべてでございます」

するとおじたち全員が信長を織田家の総大将としたくないわけか……。

政秀を邸に帰したあと、三郎信長は孤独だった。今更のように自分が父の信秀の庇護のもとにどれほど大事にされていたかが、しみじみわかった。

父、信秀はその一生を戦にあけくれたが、功名があがればあがるほど、織田の姓を名のる一門に嫉みと敵意を持たれるようになっていた。

もともと織田家は尾張にあって実に複雑な家系で、同じ姓を持ってはいるが上の郡（丹羽、葉栗、中島、春日井）を支配する岩倉城の織田伊勢守と、下の郡（海東、海西、愛知、知多）を知行する清洲城の織田大和守とに分れていた。

この大和守の三奉行の一人が信秀であって、それにも四人の弟がいる。網の目をはりめぐらしたように右をむいても織田、左をむいても織田を名のる遠縁つづきの家が尾張の狭い土地を奪ったり奪りあいをしているのだ。

しかし父の信秀はそのなかで頭角をあらわし、勝幡とよぶ豊かな貿易港を根じろにして財をつくり、ぐんぐんと勢力を伸ばした。そしてその力に守られて子供の信長もかなり勝手で我儘な毎日を送ることができた。

だが――

もう今は違う。

政秀の報告を聞いただけで信長は一門から自分が軽んじられていることを知った。

「重みがない」

と政秀は言ったが、それは武将として身につけねばならぬ作法のすべてを青年の反抗心から無視した結果によるのだろう。

だが、それよりも信長に衝撃を与えたのは、

「葬儀を三年も延ばす」

という一門、重臣の決定であり嫡男たる身にとって言いようのない屈辱であった。いわば信長には現在のところ相続の資格なしという宣言だからだ。

いや、それは、一門の本心を曝けだせば、

（両三年のあいだ一門のなか、力において勝った者が信秀の所領地を支配しても差し支えなし）

という申しあわせとも受けとれるのだ。

（周りはことごとく豺狼か）

父の遺領を狙うのは隣国の今川や斎藤だけではない。山犬や狼は血のつながる叔父たち、遠縁の一族ことごとくそうなのである。

（誰も信じられぬぞ）

信長は燭台の炎を眺めながら叔父たちや一族の顔を思いうかべた。

昨日までは――

親しみを持って話しかけてきた顔。

親者味方のように近よってきた顔。

信長の我儘をも笑って許してくれた顔。

それらすべての顔が父・信秀が死んだ時からその仮面をかなぐり捨てて、本性と欲とをむき出しにしようとしている。

（一人で戦わねばならぬ）

その気持は切実にこの夜、信長の胸にこみあげてきた。一人で戦わねばならぬ。

「筆と紙とを」

と信長は手をうって小姓をよんだ。

燭台を引きよせると拡げた紙に何人かの名を次々と書きならべた。

織田訃巌(ふげん)信清（一門）

今川治部大輔(じぶたいふ)（義元）

織田彦五郎広信（一門）

斎藤道三(どうさん)入道

織田七兵衛信安（一門）

織田佐兵衛信賢（一門）

筆を持ったままそれらの名前を凝視する。

そのなかには織田の姓を名のる一門もいる。

だが同族とはいえ、いつ父を失った信長に戦をしかけてくるか、わからない。

信長は今、動かせる兵の数を考えた。かり集めて千名か、千五百名か……。

父の信秀には生前、五千の兵力を動員できた時がある。それは紙に書き並べたこれら同族たちがそれぞれの郎等を引きつれて馳せ参じたからである。

だが今は事情が違う。同族たちは信長の味方になり、力となってくれるとは限らない。それどころか、逆に敵と変るかもしれぬのだ。それがこのたびの彼等の談合ではっきりとわかった。

燭台の炎が音をたててゆれた。それと共に信長の頭も鋭く動いた。

「なん刻か」

と彼はかん高い声をあげて隣室に控えている小姓にたずねた。

「戌の刻（午後八時）にございます」

「馬を」

「馬、でござりますか」

信長は返事をしなかった。彼はこの頃から家臣たちに少しずつ言葉数を少なくしはじめている。

家臣たちに狎れなれしくさせたくないためである。命令は絶対的であり、異議をさしはさむことを許すまいと思ったからだ。

信長が外出するので、近習五、六名がそれぞれに馬をつれて月光のなかで待っていた。

黙ったまま馬にまたがると信長は鞭をあてた。近習たちもあわてて乗馬し、あとを追った。

信長が北に馬首を向けたので彼等にも行先がわかった。北に向って馬を走らせる時はたいていは小折村の生駒屋敷に泊るのである。小折村は現在は愛知県江南市の南にある。生駒家には吉乃とよぶ未亡人がいた。

ほそ面の、色白の、そして控え目な女で、信長より九歳も年上だった。

はじめてあったのは少年の頃で身のまわりの世話をしてくれた。吉法師とよばれた信長が母親の実家で遊びに夢中になった時、この家の嫁である吉乃が面倒をよくみてくれた。彼にとってはある意味で姉のような存在だった。

少し信長の恋人について余談をしたい。

小折村に近い土田村は土田家の土地で、ここの土豪だった土田治左衛門の娘が後に信秀の正室となり信長たちを生んだ。

そのため信長も幼少から、沼や川に恵まれたこの地域によく遊びに行った。

土田家の親類に小折村の生駒という豪族があった。当主は生駒八右衛門。

吉乃はこの八右衛門の妹で、土田家の一人土田弥平次に嫁いだが、弥平次が戦死したあと実家に戻って、信長の子を宿した。

「武功夜話」では信長が美濃の斎藤道三の娘、濃姫と縁組みをした時は「この一件、秘事となされ候なり、されば生駒一門中とも相はかり、世上の誹（そしり）をおもんぱかり、丹羽郡井上庄の井上屋敷へうつし隠しおき候なり。御嫡子、奇妙丸、茶筅（ちゃせん）さま、この地において御生誕遊ばされ候」という今までの信長資料にはあまり書かれていなかった詳細な事実をのべている。

これが事実とすると――

信長が斎藤道三の娘、濃姫と縁組みしたのは十五歳であるから、この不良少年は、それ以前、――つまり今の中学生の頃から吉乃を慕っていたようにみえる。

だが信長はこの年上の女に男として複雑な感情と真実を求めていたようにみえる。

少なくとも彼が今夜のようにほとんど発作的に吉乃の家に馬を駆けさせる時は、他の者たちからはえられない慰めがほしい時だった。息のつまるような同族の野望の渦からひと時でも逃れる場所がほしいからだった。

なるほど、彼には那古野城に正室の斎藤道三の娘・濃姫という妻があった。しかし当時の妻というのは実家から派遣された監視役も兼ねていて、もし実家に主人が反意を抱く時はいち早く、これを連絡する役割をも背負わされていたのである。

だから信長は濃姫に自分の何もかもを曝けだして甘える気にはなれない。彼女の父親・斎藤道三も岳父とは言いながら長年、織田家の宿敵として虎視眈々、信秀なきあとの尾張を窺っている相手の一人なのだ。その上、濃姫は病弱だった。肉体的にも信長をひきつけられなかった。

(吉乃のそばだけで憩うことができる)

と信長は心の底でそう思っている。

真夜中、小折村についた。夜空に吉乃の実家、生駒屋敷の老樹の木立がくろぐろと並んでいる。

広大な屋敷の周りは堀をめぐらし、水をため、木戸もかためて文字通り豪族の館という感じがする。

土地の人はこの生駒家を「大夫家」とよんでいた。

馬から飛びおりた信長がずかずかと木戸を押しあけ、邸内に入ろうとすると、「誰じゃ。この真夜中」

と大声を出した小男がいた。

小男は今まで木戸のそばの大木の下で両膝をかかえて張り番をしていたらしい。

月光のなかでこちらを見あげた顔がまるで鼠のようにみえる。

「三郎信長だ」

と信長は相手を見おろして低い声をだした。

「ヘッ」

ヘッともヒッともつかぬ異声をだして鼠のような男は平伏すると、

「お通りくだされませ」

と声を震わせた。

真夜中なのに生駒屋敷の奥庭には小さな焚き火をかこんで十人ほどの荒くれた男たちが酒を飲んでいる。彼等も信長をみると、

「これは……」

あわてて両手を地についた。

生駒屋敷は常時いろいろな連中が居候となって寝泊りをしている。特定の主人も持たぬ牢人(ろうにん)、旅僧、商人たちで、この連中、いざどこかで戦がはじまると勝ち目のありそうな側に駆けつける。いわば戦国という世界の影のなかで生息する魑魅魍魎(ちみもうりょう)といってよい。

彼等は別に生駒家の家来でもないが、ここは自由に寝泊りできるかわりに、番人の役目もしていた。

鼠のような顔をした小男が知らせたのか、あわてて当家の主人・八右衛門があらわれた。

「これは、これは」

と丁寧に頭をさげるが格別に驚いた様子もない。

予告もなく信長が近習四、五人と小折村にあらわれるのは珍しくもないからだ。

「那古野にあっては政秀が、うるそうてならぬ。この小折では存分に手足をのばせる」

というのが彼の訪問の理由だった。

そしてその言葉通り、この若者は小折村で踊り興行を催して一晩踊りあかしたり、川をとめて泥鰌（どじょう）とりに興じ、

「ここの泥鰌ほどうまきものはないぞ」

と好んで食べた。

小折村での信長は那古野の城の孤独な、口数の少ない殿ではなく、のびのびとした野生児に戻り、吉乃のなかに母や姉の面影を求めるのだった。

それを承知しているから八右衛門も、

「まずは、お宿（やす）みまでゆるりと酒（ささ）などめしあがりませ。吉乃を酌に参らせます」

と答えた。

「八右衛門」

と廊下を歩きながら信長は前にたって燭を持つ八右衛門にたずねた。

「鼠のような顔をした男が門内にいたが……見かけぬ顔よな」

「半月ほど前より迷いこんだ針売りでございます」

書院の縁先に坐ると信長は闇の匂いをかいだ。何の花かはわからないが、燭台の光かわずかに庭先の樹木の花が白い。

「八右衛門」

と酌に出た吉乃の前に土器(かわらけ)をさし出し、信長は左手で懐中に入れた紙をさし出した。那古野の城で凝視していた紙である。一門の名や隣国の今川義元、岳父の斎藤道三たちの名を並べた紙である。

「御一門のかたがたのお名前でございますな……いかがなされました」

「そのいずれが、謀反(むほん)を企てると思うか」

酌をしていた吉乃は眼を伏せ、それから弟でも見るように信長をぬすみ見た。と、信長は鋭い視線を彼女に投げた。女が一歩でも話の世界に立ち入ることを許さぬという強い眼である。

生駒八右衛門は吐息を洩らした。

この男、平生は侍ではない。商いを家業とし、美濃、飛騨筋にも商売をしてこの地方でも有数の分限者(ぶげんしゃ)である。

「畏れながら八右衛門などにはようわかりませぬが……お訊ねゆえ、はばからず申しあげますと」

と大きな顔に苦笑をうかべ、

「どのお方が先に謀反されても、ふしぎはござりますまい。されど、殿にとりまして最後の大敵はやはり治部大輔（今川義元）様にござりましょうな」

「義元はいずれは戦わねばならぬ相手だ。しかし二万の兵を持つ義元にたいし、この信長には今のところ、せいぜい千の兵しかない」

「お父上は五千の兵を動かされました」

「さればこそそちに訊ねておるのだ。父上亡きあと、この信長の首を一門のなかで誰が先に狙うかを」

吉乃は胸つぶれる思いで信長をうかがった。

恐ろしいことを、自分より九歳も年下の青年がまるで当然のように兄に相談している。

「狙うてくるのをお待ちになる前に、殿が相手を先にお討ちになるが宜しゅうございます」

八右衛門もまるで世間話をするような口調で答えた。

「やはり」

信長はうなずいて、

「そうであるか、余も同じように考えておった」

そして庭の闇のなかにじっと眼をむけ、

「されば八右衛門に頼みがある。この生駒の家に尾張はもとより美濃、駿府を行商する者が出入りしておろう」

「この家は商人にございますゆえ、行商の者のみならず、御師(おし)、山伏、諸芸人たちが次々と立ち寄り、常時三十人ほど泊っております」

「ではそれらのうち、余に役立つ者をえらび、一門の動きを知らせてくれぬか」

「承知いたしました」

と八右衛門は両手を膝の上において頭をさげた。そしてさきほどの紙に眼をおとし、

「これらの方々の御動静、調べさせます」

「さきほど」

と土器をおいて信長は立ちあがり不意に、

「木戸をあけた鼠に似た男、針売りと申したな」

とたずねた。

「はい。小才のきく者で、針を売って諸国を歩き、わが縁者の蜂須賀小六(はちすかころく)の走り使いなども致しおりました由にございます」

「名は何という」

「藤吉郎と申します」

「あれも……使えるかもしれぬな」

と信長はひとりごとのように呟いた。

紙燭(しそく)をもって吉乃が信長を寝所まで案内した。

吉乃は後に信長の子、三人を生んでいる。

余談になるが信長はその激烈な生涯にかかわらず、女性運にはそう恵まれなかった。

彼の母は先にも触れたようにこの生駒家の遠縁にあたる土田家の女だが、信長よりはその弟・信行を溺愛した。したがって信長は幼い頃から母の愛に飢えていた。

吉乃については資料は少ないが、断片的に彼女について記述している「武功夜話」を読むと、心やさしい、そしてやや病弱な女性だったと思える。

信長のふしぎさは、彼は男性にたいしては時には苛烈なほど厳しいにかかわらず、女性にたいしては細やかな態度を時々みせる点である。

たとえば家臣の秀吉が浮気をした折、彼の妻ねねを慰めた手紙が今も残っているが、この有名な手紙を一読した者は信長の温かい思いやりに驚くであろう。

その思いやりを彼は吉乃のみじかい生涯のあいだ持ちつづけている。

寝所でも信長は彼女をいたわった。母か姉にたいするように警戒心をまったく捨てた。さきほど生駒八右衛門にむかって話していた時のような鋭い眼の光はがらりと失せ、一人の駄々っ子のような顔になった。

「吉乃は食が細い。細いゆえに体に精がつかぬ。今すこし食べるがよい」

と彼は吉乃の膝を枕にして、

「このあたりの川には泥鰌が多くとれる。古来、泥鰌を煎(せん)じて飲めと聞いておる」

真顔で彼女の体を案ずる信長をみて吉乃は思わず微笑した。

「なにが可笑(おか)しいか」

「さきほど戦ごとの御相談をなされた殿とお顔がちがいます。さきほどのお顔では女は近よれませぬ」

「戦は男のなすこと。女が口をはさむものではない」

と信長は体をおこし腕をくんだ。

藤吉郎

夕暮なのに初夏は暑い。

鳴海(なるみ)というその名の通り海波の音のきこえる松林で蟬がやかましく鳴いていた。

松林のなかで薬売りの恰好をした男が鼾(いびき)をかいて寝ていた。鼠のような顔に時々、蠅がとまると、舌で唇をなめながら顔をふった。

と、馬の蹄(ひづめ)の響きがして、二、三の侍が馬を飛ばして松林の前を駆けぬけた。続いてまた三、四騎。

眼をあけた男は上半身を起しそれを見送っていたが、

「はてな」

と首をかしげた。

それからむっくり起きあがると荷を背負い路に出た。向うに藁(わら)ぶきの家が並ぶ漁村があり、そのずっと先に鳴海城がみえる。二十米ほどの丘に作った砦で南は海となり、潮の満干が城の下まで及んでいる。

ここはちょうど織田と今川との勢力の接点になる場所で、今のところは一応、織田側の息のかかった山口左馬助（教継）と息子の九郎二郎（教吉）が守っていた。

だが村に近づいた時、薬売りは足をとめた。

彼の嗅覚はなにかただならぬものを城のほうに感じた。城のなかで馬のいななく声がするが、その声がかなり神経質である。

薬売りは馬がこのような声をあげるのは周りに殺気を感じ、緊張感に包まれた時だと長年の行商で知っている。

（戦がある）

出陣の支度をしている、と咄嗟に感じた。

あたりを見まわし、彼は漁村に入った。海の匂いがしきりにする。一軒のいぶせき家のなかに首を入れた。

真っ暗ななかは無人のようである。

「誰じゃ」

と嗄れた老婆声がした。

「驚いた。驚いた」

と薬売りは大仰に驚いた恰好をしてみせ、

「清洲から来た薬売りよ。婆さまはよ、一人か。痰持ち、腰の痛み、腹の虫にそりゃ良う効く薬があるが……」

「足も痛むが、買いとうても銭がない」

「はて、家の者はおらんか」

「戦が始まるで。村の若衆は皆……城に連れていかれた。ここに残った者はわしのように足腰の動かぬ年寄りばかりじゃ」

「戦？　また戦か。どことどこの戦であろう」

「知るものか」

と老婆はいまいましげに唾をはいた。

「誰が誰と戦おうと百姓の婆あが知るもんか。おおかた織田のたわけを攻めにいくのじゃろう」

「婆さま、それをどうして知った」

「知るも知らぬも、城に連れていかれた村の衆がそう噂しているワ」

鼠のような顔をした小さな男は通称を藤吉郎という。

いつぞや小折村の生駒屋敷の木戸口で信長の鋭い視線を受けた男である。

尾州の中村の出身で、一応は村長の家に生れたが、当時は天文以来の戦つづきで百姓たちには軍役、公役に畠を耕す暇もなかった。そのため彼は口減らしのために寺奉公に追いやられたが、経文読みもそらごとで三年のうちに寺から出された。以来、出奔して駿河、遠江、三河をうろつきまわっているのだ。

藤吉郎の野心は「主人持ち」になることである。すぐれた主人の家来となって頭角をあらわすことである。

だが群雄割拠するこの中部の各地には、それぞれ天下取りになるかもしれぬ名家、豪族が乱立していた。

まず今川治部大輔義元

甲斐の武田信玄

美濃の斎藤道三

越前の朝倉義景

そしてそれらの大領主の蔭に織田三郎信長の若い顔が藤吉郎の眼に見えかくれした。

(気になる)

というのが藤吉郎の勘だった。

理屈から考えるとこの男、尾張一国さえ我がものにしておらぬ。父親の信秀はなかなかの波瀾児であったが、しかしその父親の急死のあと、一門一族が謀反を企てている。とても右にあげた四人の豪雄に比肩できぬ筈だ。

だが気になる。

それは理屈や理論では割りきれぬ何かであって藤吉郎が否定すればするほど、心にひっかかってくるのだった。

だから彼はわざと小折村の生駒屋敷に寄食して信長のくるのを待った。信長をこの眼ではっきりと見ておこうと思った。その結果、やっぱり気になった。

その数日後、彼は信長のあとを追うようにして那古野の城下町に行った。

信長の評判、必ずしもよくない。

別に暴政を布いているからではなく、領民たちのなかには、

「たわけ者ではあるまいか」

と蔭で噂している者もあれば、

「いや、あの三郎さまはわざと馬鹿を装うておられる」

と評価している者もいる。

藤吉郎がその那古野から鳴海に出たのは、むかしこの村で大きな針を行商した懐かしい思い

出があるためだったが、もうひとつ――

今川義元が国境である重要地点鳴海にどう働きかけているかを、それとなく見ておこうという好奇心からだった。

果せるかな、既に鳴海城は戦の準備をやっている。この気配では信長にたいする謀反を企てているようだ。

(信長、どうするか)

と藤吉郎は思った。

城というよりは砦にひとしい鳴海城が信長に弓引くからには、当然、うしろで操る者がいる。

言うまでもなくそれは今川義元にきまっている。

おそらく――

信秀亡きあと、跡目も相続できぬ三郎信長の実力のほどを探ってみよう――義元はそう思ったにちがいない。そしてその手先となったのが鳴海城主の山口左馬助親子である。

(こりゃ面白うなったぞ)

と藤吉郎はむしろ犬の喧嘩でも見物する気持だ。

信長の戦いぶりをしかとこの眼で見てやろう。

それによってこの男の将来や運勢がつかめるだろう。

鳴海氏の動員力はせいぜい五百だが、今川方は当然、千か千五百の兵を援軍に貸すにちがいない。

それにたいし那古野の信長が動かせるのは千名。しかしその二百は城内に残しておかねばならぬから、八百名ほどしか使えまい。

数においては信長は無勢である。どうするだろう。

「婆さま、金をやるゆえ」

と藤吉郎は婆に金を与えた。

「腹に入れるものを、作ってくれぬか」

「どこに行くのじゃ」

「戦の見物よ。侍たちが叩きあうのを、食うものを頰張りながら見に行くのよ」

やがて老婆が呆れたようにして手渡した粟餅包みを腰にぶらさげると、藤吉郎は薬の箱をかついで外にとび出した。

夜になるまでさきほどの林で気配を窺っていると、寅の上刻（午前三時頃）兵の列が山づたいに北に向うのが目撃された。その気配で村の犬が吠えたてた。

「信長は気づいているか」

藤吉郎はひとりごちた。

この海岸線のあたり、彼は昔、木綿針を売り歩いた思い出があるからよく知っている。集落から集落を歩きながら、もし自分が織田側で今川と小競り合い(こぜりあい)を行うならば、どこに陣をとり、どこを戦場とするかを藤吉郎は考えていた。

そして三の山という小だかい丘を陣とすると勝手に予想していたのである。

「あの山をどちらが先にとるか」

彼は急いで間道をぬけ、三の山の方向に駆けた。なにか楽しい、面白いものを高みの見物できる気持で一杯である。

初夏の朝が少しずつ明けはじめた。あちこちの家で鶏が朝を告げている。

朝霧のむこう――

既に旗さしものがひらめいている。あれはたしかに信長の紋である。

(既に察知しておったか)

藤吉郎は信長の情報収集にぬかりのないのをまず感じた。

後の桶狭間(おけはざま)の戦の折もそうだが、信長は大胆なようにみえて、実は細心なほど物見や乱波(らっぱ)(忍者)をあちこちに送り、敵の動きを手に取るように知悉(ちしつ)していた男である。

この時も――

鳴海城の山口左馬助父子が今川側につきそうだという噂を彼は前から耳にしていた。だからその動静は既に把握していたのである。

三の山に陣取った信長と敵との間隔は十五町だった。物見は山口左馬助の子・九郎二郎が千五百の兵を率いて、こちらに向いつつあることを知らせてきた。

（我が二倍の兵なるか）

信長の頭は回転した。山口父子に千五百の兵が集められる筈はない。今川義元の援軍があと押しをしているのだ。

（決戦を行うは下策）

ここは徹底的に争うべきではない。今川義元は信長の兵の使いようをこの戦いで調べようとしているのだ。

「赤塚に移動せよ」

と彼は大声をあげて号令をかけた。

信長の声の高さには定評があった。彼が敵を叱咤した時はそのすさまじさに相手が怯(ひる)んだという逸話もある。

赤塚はちょうど田植えが終った場所である。そこに兵の大半を集めたのは信長らしい策のためだった。

二倍の兵を相手にして真っ向からぶつかっては自分たちに不利である。だが田植えが終ったばかりの場所を挟んで戦えば、向うも徒歩となり、こちらも徒歩で戦わざるをえない。畦道では、一人対一人の肉弾戦とならざるをえない。

「雑兵、足軽には眼をくるるな。然るべき武者をこそ狙え」

彼は弓矢の部隊と足軽鉄砲隊にそうきつく命じた。

「引きあげの合図があらば、功名たてることをあせるな。風のように引きあげよ」

これも固く部下に言いわたした。

千五百の多勢をたのんだ山口九郎二郎の部隊は三の山ではなく赤塚の林に敵が移動しているのを知って戸惑った。

田植えのすんだばかりの田が前面に拡がっている。馬上の侍たちもここでは馬をおりざるをえない。しかも両者の間は四、五間しかない。

敵の乱射がはじまった。

「臆したか」

信長は例の大声で敵を挑発した。しかも彼は山口側の侍たちの名をよく知っていた。

「如何いたした。祖父江久介、水越助十郎、中島又二郎、横江孫八」

一人一人の名を、これほどまで敵味方の面前ではっきり呼ばれては、戦わざるをえない。

水越助十郎が、

「糞」

と叫びながら畦道を走った。彼の供の者が一列になってそのあとから続いた。

「射て」

と信長は鉄砲隊に命じた。たちまち水越助十郎は仰むけに飛ばされた。

戦は二時間ほど続いた。その二時間、戦場はまったく移動せず、敵味方、入り乱れ、血みどろの白兵戦である。

雑兵は相手にいたすな、侍のみをめがけよ、という命令を信長の兵はかたく守り、槍をそろえて然るべき敵のみを狙った。

鎧(よろい)に身をかためた者は馬上ならばとも角、両側が水田の畦道では活発に動けない。信長の兵の槍は斎藤道三を驚かしたように長槍である。

この槍で討ち取られた者は水越助十郎、中島又二郎、祖父江久介など、山口左馬助の名ある家臣たちである。しかし、あまりに敵味方が近づいたので、その首を切りとることができなかった。

正午——

信長は総軍に引きあげを命じた。これ以上、戦えばもう兵の体力が続かない。そうなれば兵力のはるかに勝る山口勢が有利になる。

風のように攻めかかった八百の信長勢は風のようにさっと退いた。損害、三十騎。そのまますばやく退却を開始する。

「これは、みごと」

高所から戦いを見物していた藤吉郎は手を拍って感心した。

(やはり……尋常のお方ではないわ)

それが信長にたいする藤吉郎の偽らざる感情だった。

(だが、信長さまの負けは負けじゃ)

さすがにこの鼠のような顔をした男は見るべきものは見ていた。

たしかに今日の戦闘では無勢でありながら信長はよく戦った。

(信長、侮るべからず)

と山口九郎二郎方をけしかけた今川義元に畏怖の念を起させる効果はあったろう。

けれども戦局全般からみるならば、国境の鳴海城に寝がえりをうたれて、信長は敵が彼の領内に侵入するのを許したのである。

(信長さまの、負けは負けじゃ)

と藤吉郎が呟いたのはそういう意味だった。

(信長さまは兵の数が少ない。されば戦うても今日のような戦がせいぜいとなる)

藤吉郎はそれを思うと、まだ信長に自分の一生を托する気持にはなれなかった。

（今少し、あのお方のなされようを見てからじゃな）

栗餅のついた指をしゃぶりながら藤吉郎は決心を先にのばした。

余談になるが、この時、信長と戦った山口左馬助と九郎二郎の父子は今川方に味方についたにもかかわらず、駿河によびだされて褒美ひとつも与えられず、自決を命ぜられている。今川義元にとっては鳴海の城を手に入れた以上は山口父子など、どうでもよかったのだ。

汗まみれになって那古野の城に引きあげた信長は小姓たちに鎧と具足をとらせながら、藤吉郎とおなじことを考えていた。

だから、

「勝ち戦おめでたく存じます」

と城に残っていた近習の中条小一郎がそばで祝いの言葉をのべた時、

「なにを」

と不機嫌な声を出し、そっぽをむいた。小一郎は自分の言葉がなぜ主人を傷つけたか理解できなかった。

（このままでは）

と体の汗をふきながら信長は思案した。

（本日のごとき謀反は領内、至るところで起る。今川がたは更に背後で糸を操るだろう）

この青年、思案すると行動も早い。

翌日には彼は自分の城からさして遠からぬ亡父・信秀の旧城・末森城に赴いた。

末森城は信秀の死後、未亡人と弟の勘十郎信行が住み、織田家の重臣柴田権六郎（勝家）と林通勝とがしばらく城をあずかっていた。

信長の母は先にもふれたように、生駒氏の縁つづきになる土田家の娘である。

だがこの母と信長とは生れた時から別れ別れだった。信秀は信長を男の世界で育てるため、わざと那古野城にあずけて自分は妻と共にこの末森城に住んだからだ。

だから信長は少年時代から母の愛に飢えていた。しかし彼の本当の母――つまり土田御前は信長よりも弟の信行を溺愛した。

その淋しさが彼の幼年時代の粗暴さとなってあらわれている。

そして、その感情のゆき違いは信長が青年になっても残っており、表むきは、

「このたびの武功、祝着に思います」

と母から祝いをうけ、信長も、

「有難きお言葉」

と応答しても、この二人の間にはなにか空々しいものがあった。

弟・信行があらわれ、信長に挨拶すると、

「勘十郎」

と信長は、左右に並んだ織田家の重臣の柴田権六郎や林通勝をふりかえりながら言った。

「父上、御他界のあとは兄弟、共に力をあわせて織田家を守らねばならぬ……」

とひくい声であった。

「されば、この末森城を勘十郎が受けとってはくれぬか。何かあれば、この権六郎と通勝によく相談するがよい」

勘十郎の顔色が変った。そばにいた土田御前の表情も変った。背後の柴田権六郎や林通勝が居ずまいをただした。

当然である。

末森城は父・信秀の本城であり、信長の住む那古野城とは格がちがう。

その本城を信行にゆずるということは、暗黙のうちに家督を弟にゆずりたいという気持とも受けとれる。

「なにを仰せられます」

と勘十郎信行は嬉しさのあまり、かすれた声を出した。

「お母上、御承知のように弟・信行はこの信長とちごうて落ちつきがござる。だが、信長は血の気多く、城のなかでじっと坐っておれぬ性に候えば、今後はあちこち駆けまわり戦にあけくれると存じます。末森城にあって母上に御孝養つくす暇がございませぬ」

信長は少し笑いながら、

「なに、何事かござれば、この柴田権六郎、林通勝が万事、おさめてくれまする。信行、承知してくれるか」

もとより信行に異存ある筈はなかった。両手を膝において彼はまばたきもせず、兄の顔をみつめた。

信行は容貌にも品格があり、小さいながら威厳ありげに見えたため、家臣たちから期待を持たれた。それにくらべ、信長は周知のように粗野な振る舞いが多く、しかも容貌も信行に劣っていたと言われている。

「ところで、妹はつつがないか」

話題を変えるためか、信長は急に妹のことを口にだした。

「久しく会わぬゆえ、顔を見たい」

妹とは七歳になるお市のことだった。

そのお市が侍女につれられて兄に挨拶にきた。

後世、戦国期の女性のなかで最も美しかったといわれたお市である。まだ七歳だが大きな眼と形のいい顔はまるで人形のようだった。

「市、参れ」

と信長は妹を膝にのせた。

「おう、臭いか」

市が少し顔をしかめたのを見て信長は笑った。

「馬の臭いがするであろう。やむをえぬ、馬を乗りまわさねば兄者は戦ができぬ。この兄者を討とうとする敵がな、至るところにいてな」

と信長はなに気ないような口調で妹の髪をなでながら、

「男とは辛いものよ。鬼にならねば生きて参れぬ下剋上の世のなか。そこにいけば女の市はよいの、馬を乗りまわさずにすむ。戦に参らずともすむ」

膝からおろされた市はほっとしたように侍女の桔梗(ききょう)のほうに走っていった。

「信行さえ、今の話、異存なければ」

と信長は柴田権六郎と林通勝にむかい、

「末森城のことも信行のことも、宜しゅう頼んだぞ」

と言った。

帰路——

信長は母親の嬉しそうだった顔を思いだした。

母は久しぶりに信長に会ったことで嬉しがったのではない。溺愛する弟が本城の末森城の当主となることを悦んだのである。

(母上も弟が織田家を継がれることを望んでおられる)

前からわかっていたことだが、それを今日も露骨に信長は見た。彼の心には小折村に住む生駒家の吉乃の顔がおのずと浮んだ。

末森城

末森城の館の庭でお市は侍女たちと共に花をつんでいた。

館は城山の麓にたてられていた。

当時の城は山城だったが、平生の居館や評定所(ひょうじょうしょ)は山城の麓におかれていて、戦がはじまらぬ限り領主やその家族、家来たちの生活の場は館だったのである。

「お市さま。弓を射る音がきこえます」

と侍女の桔梗が顔をあげた。

「弓が?」

「きっと、柴田さまやお殿さまにちがいありません」

市にはいつも桔梗の耳がなぜこんなに鋭いのか、わからなかった。まだ幼い彼女には恋する女の感覚が鋭敏になることなど、想像もできないのだった。

言われてみると、なるほど、虚空を裂く矢の音が間をおいて聞えた。

兄の信行が近習や柴田権六郎たちと弓の練習をしているのだ。

「お市さま。そっと見物にまいりましょうか」

と桔梗がなぜか声をひそめた。

「はい」

素直な市は兄の信行に会える嬉しさでうなずいた。

幼い眼にも兄が人形のような美少年であるのを感じた。色が白く、しかも品がある。

やさしい性格で家来たちにも評判がよく、男たちと離れて生活している北の丸の侍女たちさえも、

「おききわけのよい」

とほめているくらいだった。

塀づたいにこんもりと山林の樹々の茂る一の丸の方向に出た。二の丸と山林との境に矢場がある。そこは信行やその近習重臣たちだけが矢の練習をするのだ。

築地（ついじ）の塀のかげで矢が的を貫く鈍い音がした。

「矢に力がござらぬ」

という大声がした。お市も知っている柴田権六郎の声だ。

権六郎はこの時、三十三歳。当時としては壮年といってよい。林通勝と共に信行の後見役となり、この末森城の重臣である。

陽にやけた精悍そのものの顔に頬髯(ほおひげ)まではやし、眼光が鋭い。

だからお市などはその顔をみただけで怯えて泣きだしたこともあった。

お市は織田信秀という尾張きっての武将の子に生れながら、荒々しいことが嫌いだった。

それだけに権六郎のように武張った家臣がこわくてならない。

「今、もっと……弦(つる)を引きしぼられませ、……さような非力では戦の指図はできませぬぞ」

権六郎の言葉遣いで、叱られているのは兄の信行であることがわかる。

（お可哀そうに）

市は兄に同情した。

上の兄の信長は荒々しいが、信行はやさしい。やさしいのに弓や馬を毎日、練習せねばならぬのだ。

ふたたび、矢の飛ぶ音がして、

「ええ、もう少し引きしぼられよ」

今度も権六郎の舌打ちがきこえた。

築地塀の戸を少しだけ開いて、桔梗が食い入るような眼で矢場をのぞいている。お市は桔梗が権六郎に夢中になっているのを知らない。

「誰じゃ」

突然、その権六郎が二人の女をちぢみあがらせるほどの声で、

「そこに、隠れておるのは」

「お市さまと侍女の桔梗にございます」

桔梗はむしろ嬉しそうに答えた。

「怪しいものではございませぬ」

「市か」

と信行のあかるい声がした。

「入って参れ。そこに隠れておらずともよい」

木戸を桔梗が押して、

「さあ」

と先に入り、丁寧に一礼をして背後にいるお市の手をとった。

片肌をぬいだ兄が白い歯をみせて笑っていた。左右には何人かの小姓がいっせいに頭をさげた。扇を持った柴田権六郎も一応は腰をかがめたが、稽古の邪魔をされたことが不機嫌なふうだった。

柴田権六郎はこの時、お市とははるかに年齢がちがった。

その上、頬に髯をはやして、恐ろしい人としか見えない。それがお市の実感だった。

しかも彼はこの末森城の重臣であり、林通勝と共に兄の後見役である。お市は織田信秀の娘とはいえ、親しみを感じ気さくに話のできる関係ではない。できることならば避けて通りたい相手だった。

その上、腕力人並みにすぐれ、槍の名手である男だとお市もたびたび耳にしていた。それだけに末森城の侍女たちも権六郎にたいしても頼もしさを感じている。

お市は兄の信長や権六郎のような汗くさい男よりも信行のような優美な男性が好きだった。

「お市、持っているのは何の花じゃ」

と信行は妹に話しかけた。

「存じませぬ」

「お市は花をつんで一日をすごす。女は羨ましいの」

手招きをされてお市は悪びれず兄のそばによった。

「母上にも昨日、今日お目にかかっておらぬ。お元気であろう」

「はい」

妹のくれた花を信行は髪にさしてみせた。女の子のような振る舞いにお市にたいする信行のやさしさが溢れていた。

「殿。もう一、二本、稽古なさりませ」

と向うから柴田権六郎が声を出した。彼は信行が稽古中、息をぬくのを好まなかった。

「お市。兄者が矢を射てみる、当るように神仏に祈ってくれ」

と信行は弓弦をひきしぼった。白い顔が赤く力んだ。

「おみごと」

的の真中に当ったのを確認してから柴田権六郎がうなずいた。市はたまらなく嬉しく、兄のことを頼もしく思った。

「さ、お戻りになるがよい。今から兄上さまは馬を乗りまわさねばなりませぬ」

と無情にも権六郎は木戸のほうにひややかに眼をやって、

「兄上さまは、あるいは御当家の棟梁にもなられるお方。弓や馬に御上達なさらねばならぬ」

と言った。

幼いながら、この言葉はお市の頭に残った。

「棟梁とは何のことじゃ」

木戸を出た時、お市は桔梗にたずねた。

「棟梁でございますか。御家来衆から御親類までを御指図なされるお方のことでございます」

お市は嬉しそうに首をちょっと傾けた。信行がこの家の、いちばん偉い人になる。

「では那古野の兄上は」

那古野の兄上とは信長のことだった。汗くさく、荒々しく、兄というよりは遠い親類の一人といってよい兄。

「この末森城は」

と桔梗は一瞬、困ったように息をのみ、それから思いきったように答えた。

「お父上の御時から本城でございました。本城は棟梁が受けつぐものでございます」

「では」

「信行さまは末森城の御主人(あるじ)になられた方でございます」

利口なお市は桔梗の言葉はだいたい理解した。

彼女にはわからない男の世界——一族や重臣たちの談合でなにかが決ったにちがいない。女たちはいかに身分たかくても、素直に男たちのとり決めた事に従うのが戦国社会の道だった。

「お市さまは、どう思われますか。柴田権六郎さまのこと」

と不意に桔梗が妙なことをきいた。

「権六郎は」

お市は素直に答えた。

「こわい」

すると桔梗はきっとなって、

「侍はこわいぐらいでなければなりませぬ。それでなければ戦はできませぬ」

とむきになった。

弓と馬との稽古が終ったが、まだ若い信行の日課にはやるべきことが残っていた。兵法の習得である。

教えるのは、柴田権六郎とおなじく信行の教育係となった重臣の林通勝である。

林通勝は信行の父・信秀のもとで功をあげた。柴田権六郎が剛毅の性格ならば、通勝は折り目や厳正を尊ぶ男で、信行の精神教育も引きうけている。

「陣法と陣形については既にお話を申し上げました」

と通勝は正座したまま、にこりともせず質問した。

「鋒矢(ほこや)の陣とは何でございましょう」

信行はうなずいて、ただちに答えた。

「味方、少数にして敵、多勢の折に用いる備え。足軽のあとに武者をかくし、足軽、潮合いをみて、さっと開き、武者馬にて突きかかる陣形である」

怜悧な信行は通勝が教えたことをすぐに憶える。幾つかの質問にも迷うことなく解答する利

口さに、通勝は満足そうな微笑を口もとにうかべ、

（吉法師さまとはちがう）

　吉法師とはこの信行の兄・信長の元服前の名である。

　その吉法師にも林通勝は教育係として兵法を教示したことがある。

　だが、その兄のほうはあくびをしたり、体を動かしたりしてほとんど話を聞こうとしない。

「おちつかれませ。兵法を御存知ならねば、兵を率いることできませぬ」

　たまりかねて通勝が叱ると、吉法師は、

「戦は見切りじゃ」

　と答えた。見切りとはこの場合、相手の出方をよく見るということである。

「通勝の申す陣形、陣法などは大軍を持つ者の戦の仕方であろう。だがわが家のごとく千、二千の兵しか持たぬ者に鳥雲の備えも雁行の陣もあるまい。その場、その場に応じて戦の仕方を行えばよいではないか」

　と答えた。

　その思い出があるだけに林通勝は、

（信長さまよりも、この信行さまのほうに御大将の御素質がある）

　と心ひそかに思うようになっている。

信行は素直で、しかも上にたつ者の品格がある。通勝は信行の教育を行っているうちに次第にこの少年をひいきするようになった。それは柴田権六郎の場合も同じだった。

「しっかと御教育申しあげ、」

と通勝はある日、権六郎にも言った。

「御一門の御棟梁になって頂きたいものだ」

「だが……」

と権六郎は少し不安な顔をした。

「信行さまは御家来衆に優しすぎる。そこが心もとない」

「権六郎殿の御懸念ごもっとも」

と林通勝はうなずいて、

「されどこの通勝が信長さまにつき心許(こころもと)なく存ずるには理由(わけ)がある」

「承ろう」

「権六郎殿は信長さまが近頃、岩倉城にちかき小折村の商人、生駒八右衛門の家にしきりに訪れられておらるること、御存知か」

「いや、知りませぬ」

と権六郎は首をふった。

「だが生駒の家ならばもとより耳にしておる。油と灰とを諸国に商のうておる分限者とか。その上、信長さまの御母上土田御前の御実家とは遠縁に当たられる」

「その生駒の家には吉乃とよぶ寡婦がいるが……信長さまはいたく御執心でな」

権六郎は陽にやけた顔に不安そうな色をうかべた。彼も林通勝のいう「心許なき」事情がようやくわかった。

既にふれたように信長は天文十七年、十五歳の時、結婚している。相手は隣国、美濃の梟雄、斎藤道三の娘・濃姫で、濃姫は美濃姫の略である。この結婚はもちろん父の信秀が斎藤道三を当面の敵にまわさぬための政略結婚だった。

だが濃姫と信長との夫婦関係がどのようなものだったか、資料にはなにも書かれていない。二人の間には子供が生れなかったのは、濃姫が信長と結婚した時、まだ十四歳だったせいだけでもなかった。

だが信長が濃姫という正室をさしおいて別の女性に執心しているとなると、事情が微妙に違ってくる。特に生駒家のある小折は美濃にも近く、この件はいつか斎藤道三やその一族の耳にも伝わるにちがいない。

「と、すると」

と思わず柴田権六郎は口に出してしまった。

「斎藤道三まで敵にまわすやもしれぬの」

「すぐではあるまいが……まこと困ったことよ」

と林通勝は苦々しい顔をした。

(今少し、思慮分別を持たれなくては)

と、織田家の将来を考えると林通勝は心配でならないのだ。

「しかもその小折村まで信長さまは五、六騎の供をつれただけでおしのびになると聞いた」

とても織田家の棟梁たる資格はないと通勝は思いはじめていた。

「ならばこの際、信行さまが跡目を相続されるべし、と思案するが」

と彼は権六郎にうちあけた。

やがて林通勝のこの不安は適中した。

信長が油商人の娘にうつつをぬかし、小折の里に通っている。

この話は密偵を通してあちこちの同族の耳にも伝えられた。

(あの男を一族の棟梁にしてはこの尾張とても支えきれぬ)

信長への侮蔑と不信感は更に強まった。

たとえば清洲の織田彦五郎がその一人である。

清洲はもともと尾張の守護・斯波義統(しばよしむね)の居館のあるところだ。だが義統は実権を失い、権力は信長の遠縁にあたる守護代織田彦五郎に握られていた。

「まこと、信長殿は無分別」

と彦五郎に家老ともいうべき坂井大膳や坂井甚介たちが雑談の折に語った。

「信長殿の御正室は美濃の斎藤道三殿の御息女。それなのにあのお方、その美濃に近い小折の里の油売りの娘などに手をつけておられる。これは舅殿の斎藤道三殿の顔にわざわざ土足をかけるようなもの。大事な折に、かかる振る舞いうっつけも極まれりと申すより仕方ありませぬ」

坂井大膳は弁舌がたち、しかも守護代の織田彦五郎の信用をえている。

「されば、あのうっつけ者に大事を任せるわけには参りませぬ。殿こそ、織田家の一統を支配なさるべき方。この際、信長を討っては如何でございましょう」

密議がひらかれたのは信長の父・信秀が死んで、そう月日もたたぬ夏の頃だった。清洲の森には蟬がやかましかった。

「そうよな」

と彦五郎は曖昧な返事をした。彼は坂井大膳たちに助けられて守護・斯波氏の力を少しずつ奪ったが、どこか決断力に乏しい。坊ちゃん育ちで結局は大膳の言いなりになっている。

「殿」

と大膳は声に怒気をふくめた。

「織田一統の主人になられる好機でございますぞ」

蟬の声しきりの八月二十二日、彼等は名だけの守護・斯波義統の許しをえて深田、松葉の二つの城にむかい電撃的に行動を開始した。

この二つの城はいずれも信長の父・信秀の勢力範囲にあったものである。不意をうたれた二城にたちまちにして黒煙があがった。

清洲勢が攻撃をかけてきた——それを聞いた林通勝と柴田権六郎とは、

(懸念いたした通りになった)

と思った。

次に入った報告は信長がこの清洲勢と戦うべく、那古野城を出たことである。

「ただちにお助けに参ろう」

と逸(はや)りたつ柴田権六郎を、

「待て。しばらく待て」

と林通勝はおしとどめた。

「清洲側の坂井大膳と坂井甚介兄弟は、なかなかの戦上手とか」

林通勝は周りに誰もいないのを確かめてから言った。

「おそらく信長さまに手ごわい相手であろう」

「ならば早う駆けつけねばならぬ」

「権六郎殿。今の我ら二人は信長さまの家臣と申すよりこの末森城の信行様のお傅役（もりやく）じゃ。何につけても信行さまお大事に考えねばならぬ。ただちに駆けつけるよりは、信長さま苦戦の頃あいをみて、お助けすれば、戦の勝ちはひとえに信行さまのお力によるものと誰しも思うであろう」

柴田権六郎はびっくりして林通勝を凝視した。

何ごとにつけても固く慎重な通勝がこれほど策略家であるとは今まで考えていなかった。

「承知いたした」

と権六郎はうなずいた。通勝は真面目そのものの表情を崩さず扇子を握りながら、

「戦はおよそ辰の刻（午前八時）のあたりから始まろう。さればその辰の刻が少し過ぎたる頃に戦場に加われればよい」

「なるほど」

柴田権六郎はなるほどと言ったが、かすかだが不安を感じた。

たしかに通勝の言う通りである。今の彼は末森城で信行の後見役として仕えている。だから林通勝の言うように「信行さま」のために全力を尽せばいいのだが、このような策謀を敵なら

った。

信行にとっては初陣ともいうべき日である。近習に手伝わせて鎧、具足をつけている最中だ

うしろめたさを消すため彼は廊下に足音をならして信行の部屋に行った。

いざ知らず、信長にまで行ってよいのかというしろめたさがあった。

「御立派なお姿でございます」

と権六郎は言った。

「このお姿をみただけで敵もたじろぎましょう。さりながら戦のあいだはこの権六郎からお離れになってはなりませぬ。御大将というものは軽々しくは動かぬものでございます」

「わかった」

桔梗が顔を出した。

「御台さまお市さま、おこしでございます」

御台さまとは信長や信行の母で、亡くなった信秀の妻、土田御前である。

桔梗たち侍女とお市とをつれた土田御前は鎧を着終わった信行をみて嬉しそうに、

「天晴れな若武者ぶり」

とほめた。

妹のお市も兄が凛々しいと思った。

信行は近習に具足の紐を結んでもらいながら妹に笑顔をむけた。彼としてもこの初陣が不安でもあり嬉しくもあったのだ。

「お市よ温和しゅう留守いたせよ」

兄にそう言われてお市は素直にうなずいた。

「権六郎殿」

と土田御前が正座している柴田権六郎に、

「なにぶん勘十郎にとりては初陣なれば」

やはり母親としての不安を顔にだして頼んだ。

「及ばずながら」

柴田権六郎の命にかけてもお守り申しあげますと彼は答えた。

「御出陣」

信行の支度がすべて終わると、小姓が茅柴を入れた瓶子を彼の前においた。肴は二種、勝栗に打鮑である。

「我この軍に勝栗、我この敵を打鮑」

信行はひくい声でおぼえた言葉をすらすらと言った。お市や桔梗はそれぞれ信行や権六郎の動作をうっとりと頼もしげな眼で眺めた。

信行が柴田、林の両人に守られて出陣すると末森城のなかは急にしんと静まりかえった。土田御前は侍女たちと一室に入り戦勝を祈る祈禱をはじめた。

物見が駆け戻ってきて、味方は今、海津口にて敵と衝突と知らせてきた。

海津は敵の居城・清洲から三十町ほど先にある村である。

敵味方が遭遇したのは午前八時半頃。

信長は叔父の守山城主・孫三郎（信光）と共に敵に攻めたてられていた。向うは千五百、こちらは七百。兵力においても半分もない。

「末森城からは」

と馬上で彼は馬廻りの者にきいた。

「まだ、援けに参らぬか」

「まだにございます」

一兵でもほしい現状である。土煙をあげて敵味方が押しあっている。だが、じりじりと味方は攻めたてられている。

敵の兵の指揮者は坂井大膳、坂井甚介たち坂井兄弟だが、この坂井甚介が非常に強い。六角の棒をふりまわして、織田孫三郎の家臣赤瀬清六と馬上で渡りあった。

清六のふりかざす刀を六角棒で叩きおとし、駆けぬけざま、馬の尻を思い切り打った。馬は棒立ちになり、赤瀬清六が転げおちるのを甚介の郎等たちが襲いかかった。清六はこれまでの戦いで武功の数々を立てた武士だったため、清洲側はどうと喊声(かんせい)をあげ、信長側は息をのんで沈黙した。

「まだか」

信長は歯がみをした。彼は多勢にたいして劣った兵力でぶつかったことを後悔していた。

「退け」という命令が口に出かかっていた。

この戦いで信長はひとつの重大なことを学んだ。それは味方より兵力の多い敵に正面からぶつかった時の不安だった。

以後の彼は正面から大軍の敵と戦うことはできるだけ避けている。武田信玄が三河に侵入した時がそのよい例である。

同盟者の徳川家康が必死で懇願をしたにもかかわらず、信長は積極的に助けようとしなかった。今川義元が三万の大軍を率いて尾張を通り京に上ろうとした時も、重臣たちが提案した城にたてこもるという正統的な戦法をまったく無視した。

彼は臍(ほぞ)をかんでいた。計算では叔父の孫三郎の手勢と末森城の兵力とを彼の軍勢にあわせれば清洲の織田彦五郎や坂井大膳、坂井甚介の軍勢に引けをとらぬ筈だったのである。

だが戦はもう始まったというのに、末森城から援兵が到着しない。

（裏切られたか）

何ともいえぬ不安が信長の胸をつきあげた。戦国、下剋上の世のなかだから一族も血縁も敵に変ることがある。弟・信行にそのような企みがあるとは思えないが、しかしそれを補佐する林通勝や柴田権六郎が信行を立てるために画策しないとも限らない。

「退け」

彼がまさに退却の言葉を発しようとした時、馬蹄の響きが背後から聞えた。

「末森勢でございます」

と狂喜した伝令が駆けてきた。

「遅い、通勝、権六郎」

信長はふりかえって怒りの声をあげたが、その声は彼等の馬蹄の響きに消えた。しかも彼等は信長の下知（げじ）を待たず、敵に向って殺到した。

形勢が変った。とりわけ柴田勢の働きはすさまじく、権六郎が馬上から槍をふるっただけで敵の坂井甚介たちの足軽は怯え、逃げまわった。

「甚介、勝負」

馬上から権六郎は大声をあげた。その声は敵にも味方にもはっきりと聞えた。

「甚介、勝負。臆したか」

坂井甚介は戦上手といわれて清洲城側の剛の者との評判である。臆したかと敵味方の面前でいわれて黙っているわけにはいかなかった。

「よいか、われら二人の勝負、うち負かしたる側が本日の戦場の勝者となる」

と間髪を入れず権六郎は叫んだ。両者の人数の差をみて彼は戦が長引けば少数の信長に不利、勝敗は早く鮮明にすべきと即座に思ったのである。

甚介は馬腹を蹴って柴田権六郎に襲いかかった。その横を走りざま彼の太刀は権六郎の足を狙った。瞬間、権六郎の槍が甚介の刀にからみつき、はねあげた。太刀は中空、高く飛んだ。馬上で甚介の体が突んのめり、手綱にしがみついたあと、土のように崩れおちた。権六郎の槍が甚介の頭を貫いたのを敵も味方もはっきりとみた。

それを機に——戦は一瞬の機で決る——形勢はまったく逆転した。信長側の勝利は正午頃にはもう決った。敵の名だたる者で討ちとられた武者——坂井甚介、坂井彦左衛門、黒部源介、海老名半兵衛、野村与市右衛門等。

今朝、敵の手に一時、陥ちていた深田、松葉の両城もまたたく間に奪いかえし、敵は清洲に引きあげていった。

「遅参、申しわけございませぬ」

と林通勝はわざと神妙な表情で信長にわびた。

信長のこめかみが動いている。歯をくいしばって怒りに耐えている。

「天晴れな戦いぶり。さすがは権六郎ぞ」

彼は林通勝の言葉は聞えぬふりをして柴田権六郎を大声でほめた。

「恩賞は後刻取らせるが、今日より柴田勝家と名のるがよい」

本日の勝利はあきらかに弟・信行を守る末森勢の救援によることは誰の眼にもはっきりしていた。と同時に、

(信長さまお一人ではとても……)

という蔭口がやがて流れることも信長は予想していた。

だからわざと柴田に花を持たせ、おそらくこの策を企てたであろう林通勝を黙殺して両者を区別した。それによって二人のあいだに心の隙間ができることを信長は狙った。

「勘十郎（信行）」

と彼は初陣の興奮さめやらぬ弟・信行にも皆に聞えるように声をかけた。

「兄弟、力をそろえれば今日のごとく難敵をも踏みにじることができる。力を合わせたお蔭じゃ。このこと、しかと初陣において学ぶがよい」

言外に兄弟がもし対立反目すれば、外部の敵に勝利はえられぬことを弟に教えたのである。

いや、弟にたいしてよりは、この言葉は林通勝にたいする信長の皮肉でもあった。

末森勢及び、叔父信光の守山勢と別れて那古野の城に戻りながら信長は折から雨をふくみはじめた空にきっと眼をあげた。

（俺は一族たちに悉く侮られている。そのことは本日の戦で手にとるようにわかった。血肉をわけた兄や弟も周りに使嗾されれば刃向うてくるやもしれぬのだ）

雨が横なぐりに信長の顔に当ったが、彼はそれをぬぐいもせず、

（ならば、一族も兄弟も今日からは信じまい。重臣も心の底から頼みとすまい。信じられるのは、おのれのみよ）

それ以外、彼がこの尾張で生き残り覇を唱える方法はなかった。


信行を囲んで林通勝、柴田権六郎たちの旗さし物を誇らしげに立てた末森勢が蹄の音も高らかに大手門をくぐった。

城内で留守をしていた富田左京進以下の家臣が歓声をあげて出迎えた。そして土田御前も妹のお市も桔梗たち侍女に囲まれて入城する部隊を待った。

信行の顔が汗ばんでいる。初陣の勝利に彼は興奮し、顔を赤くしていた。

「末森城の救援なければ、信長さまは危なかったでありましょう」

と林通勝は馬を並べながら信行にささやいた。

通勝から重々しい顔でいわれると、すべては本当に聞える。

「この戦いによってわれら末森勢の力は織田一門にひびきわたりました。おわかりか。それは信行さまの御威光が信長さまに勝ったことでございますぞ」

林通勝の声はまるで催眠術のように信行の心をゆさぶり、動かしてくる。

本当にそうなのかもしれない、自分は織田一族の棟梁として生れた人間なのかもしれない。信行は少しずつ、そう思うようになっている。

馬上から腰をひくめ、嬉しそうに頭をさげる家臣たちにうなずいてみせる。

「勝ちいくさ、おめでたく存じます」

と富田左京進が挨拶をした。

「すべて信行さまの御威光によるものである」

と林通勝は大声をあげて迎えに出た者たちと出陣した将兵に説明をした。

「信行さまがお父上の信秀さまに勝るとも劣らぬ御器量であることが本日の戦いでようわかり申した。末森城はますます栄えるであろう」

柴田権六郎は林通勝の意図が手にとるようにわかった。

通勝の今の話は信行を讃えているが、兄の信長の名は一度も出てこない。完全に無視し完全に黙殺している。なんのために無視しているかが権六郎にはっきりと推察できる。

（やがては……あの信長さまに弓を引く日がくる）

それはもう明らかだった。権六郎はうしろめたさに思わず眼をそらした。

「兄上さま」

とお市は手をあげた。手には桔梗と兄のためにつんだ草花があった。

「お市か」

と汗を拳でぬぐいながら信行は兄らしい優しい笑いをうかべ、そのそばに母のいるのに気づき、

「これは……御母上まで」

と頭をさげた。

生駒屋敷

鬱蒼たる大木に囲まれた生駒屋敷のなかで、信長は腕をじっとくんだまま庭の苔を見つめていた。

先にもふれたように、生駒屋敷は現在の愛知県・江南市にある。今では名古屋のベッドタウンとして畠のあいだに多くの住宅が建てられているが、当時は竹林の多い湿地帯だった。

当時の生駒家のことは資料不足であまり知られていなかったが、最近、この生駒家と親しかった前野家の御子孫が土蔵に保存された文書を整理され、「武功夜話」として出版をされた。

前野家と共に生駒家は、信長や秀吉に仕えたため、その文書には両家の祖先が実際に目撃し、戦を共にした両英雄の姿や行動の思い出が書き残されており、歴史家にとってはもちろん、小説家にとっても貴重な資料になっている。

そしてこの「武功夜話」には信長が寵愛した生駒家の次女・吉乃のことが何回か語られてい

る。

信長は帰蝶、あるいは濃姫という斎藤道三の娘を正室としながら、九歳も年上の吉乃に、心を許していた。

それは吉乃だけが、信長にとっては母か姉のようにすべてを話せる女性だったからである。

信長は生涯、自分以外の誰をも信じない男だった。

彼は実母・土田御前の愛情を受けることなく育てられた。一族や兄弟たちからも裏切られた。戦国、下剋上の時代とはいえ、幼年から人間の心の裏の裏を見せつけられた彼がすべてに不信感を抱いたとしてもふしぎはない。

その彼にとって——

たった一人だけ信頼できる女性——なにもかもうち明けられる女——なにもかもが話できる女性。

それが吉乃だった。

前夜おそく那古野城から僅かな供をつれて、この生駒屋敷に泊りにきた信長は書院の縁側から庭を凝視して動かなかった。

「茶を……」

とうしろから吉乃の声がした。

「召し上がりませぬか」

信長は腕ぐみしたまま返事をしない。

「つめとうなりますが」

黙っている信長に吉乃は更に声をかけた。

「なにか御心配なことでもございますか」

「吉乃」

と信長はふりむいて、

「魔王をみたいか」

「おそろしや。見とうもございませぬ」

「よいか、吉乃。この信長は向後（こうご）、魔王になるぞ」

冗談を言っているのかと思い、吉乃はまじまじと信長の顔を見つめた。

後日になって我々が信長に抱く、あの厳しいイメージとちがい、若い頃の彼には声をあげて笑ったり、夜を徹して踊りあかすような一時期もあった。

たとえば家臣と共に伊木山という山に登った時、彼は舌つづみ打ってこの山でとれた山芋を賞味しただけでなく、踊りはじめたと「武功夜話」に書かれている。

そういう面を吉乃は悪戯（いたずら）好きの弟をみるように愛していた。

だから、この時も、

「魔王におなりになりますか、あの地獄の」

と笑いながらうなずいてみせた。

「ではこの吉乃は魔王さまの何になりましょう」

「吉乃」

と信長は真顔で、

「魔王になるのは戯れではない。魔王にならねば、那古野の城ひとつしかない信長は四面に敵をうけて滅びる。父上が亡くなられたあと、一族この信長を侮り、事あらば謀反を起そうとしている。相手が血のつながりのある者とて決して油断できぬことが、ようわかった」

吉乃は眼を大きくあけて信長をみつめた。吉乃の眼は大きく、肌の色は白かった。

彼女は信長が今、戯言(ざれごと)を言っているのでないのに気づいた。

「吉乃、それゆえ今後の余がいかに非道を行うても、黙って眼をつむれ。信長のなすことが仏の道にそむくとも何も申すな。それは信長がこの尾張を平らげるため、隣国の今川義元から身を守るためには、やむなしと思え」

「はい」

これまで我儘な弟のようにみえた信長が吉乃の眼には大きな男とうつった。

と彼女はかすかな声で答えた。

「男には男の世界がある。しかも今の男の世界は弱肉強食、強くなければ滅亡する世のなかだ。滅亡せぬためにはいかなる術策をも弄せねばならぬ。さればその世界に吉乃は足を入れてはならぬ」

「はい」

「また、この信長は武辺の家に生れた身ゆえ、いつ戦の場で討ち死にするやもしれぬ。その覚悟も心にきめておきたい」

吉乃はうなずいて、うつむいた。彼女はかつて結婚した夫の姿を思いだしたのである。

彼女の夫は生駒家と遠縁で、信長の母の生家にあたる土田家の土田弥平次だった。その夫が戦死したあと生駒家に戻った吉乃を若い信長がすぐ見初めた。夫の喪がまだあけぬうちに二人は互いに心ひかれるものを感じた。

(この人の心はすっかり傷ついている)

と吉乃は思った。そして彼女の胸は急にしめつけられ、

「藤吉郎のこと、憶えておられますか」

「あの鼠のような顔をした男か」

「ひょうげた話ばかり致します。その上、諸国のあちこちを針を売って歩きまわったとか、遠

江、三河、美濃のこともよう知っております。およびなされて、話をきかれては如何でございましょう」

信長は吉乃がなぜ、そんなことを言いだしたのかがわかった。吉乃のそんな優しさ、それがこの時代の男として生れ、砂漠のようにひからびはじめた心には慈雨のようだった。

「よぼう」

と素直に信長はうなずいた。

吉乃は召使いの女を居候たちのいる建物に走らせた。

広い生駒家には常時、旅僧、芸人、行商人たちが十人も二十人も泊っては去っていく。灰と油を周りの国々に売っている生駒家ではそうやって諸国の情報をも集めているのだ。

「連れて、参りました」

と書院の外で声がした。庭に男が平伏していた。

「藤吉郎と申します」

信長は黙ってこの小さい男を観察した。この男の体から眼にはみえぬが強い精気が発している。ただ者ではない。

「汝は乱波か」

「とんでもございませぬ。針を売り歩いております」

信長は持っていた茶碗を突然、藤吉郎に投げつけた。乱波ならば素早く身をかわす筈である。だが茶碗は藤吉郎の肩にあたり、地面に転げ落ちた。

「吉乃から聞いた。ひょうげた話ができるとな。何か話してみよ」

「これは、これは」

と藤吉郎は頭をかいて恐縮した。

「聞いたばかりでございますが……半月ほど前に、この生駒屋敷に旅僧が一人、泊られました。沢彦(たくげん)と申す方で早朝より庭の樹の下で坐禅をくんでおられました。この藤吉郎が禅とは何かとたずねましたところ、いつ如何なる時にも不動の心を持つことだと答えましてございます」

「………」

「されば、この悟りすましたる糞坊主をこらしめようと存じ、沢彦の干した褌にそっとウルシの汁を存分につけておきました。あそこがうるしかぶれになりましても、不動の心を持てるか、どうか、ひとつ試してみる所存で……」

吉乃も召使いもうつむいて笑いをこらえている。信長だけが笑いもせず、

「それで……如何いたした」

「翌日も樹の下で坐禅をくんでおりました。それがなんと」

と藤吉郎は相手に期待させるように間をおいて、

「褌ははずして、ウルシで腫れあがった一物を丸だしにして、平然と結跏趺坐しておりまして……。なかなかの僧だと、この藤吉郎、恥ずかしくなりました」

信長の眼にはじめて興味の色がうかび、

「僧はまだ、当家にいるか」

「いえ、岩倉の普台寺に移ったようで」

「連れて参れ。話がききたい」

鉄砲玉のように藤吉郎は生駒屋敷を駆けだしながら手ごたえを感じた。たった今、彼の話に信長の眼が急に光ったのは僧の沢彦だけでなく、この藤吉郎にも関心が起きたためだと思ったのである。

岩倉はこの頃、信長の遠縁にあたる織田七兵衛尉（信安）の居城のあるところだった。「岩倉と申すところ、古来よりひらけ、町屋、軒を並べ古街道、伝馬の中継のために人馬の往来繁く、上の郡随一の華栄の地に候」と言われ、岩倉城は間口二十一間半、奥行二十三間の広大なもので「御殿あわせて棟数十有七余、比類なき御城に候」とも書き伝わっている。

普台寺は都の妙心寺系の寺で、鬱蒼たる竹林にかこまれながら、塵ひとつ落ちていない枯山水の庭を持っていた。

「ただ今、坐禅中なればしばしお待ちくだされ」

といわれて藤吉郎は長い間、枯山水の庭の見える縁で待たされた。

（なんのために、あの坊主をよぶのか）

信長の心を推し量って藤吉郎の好奇心はうずいた。

藤吉郎の眼からみると信長は世間で評判のような「うっつけ者」ではない。えたいの知れぬ何かがあるような気がしてならない。しかしその「何か」が発揮されるまでにはまだ未熟で未経験なところが多いのだ。

だから藤吉郎も信長の家来になろうという気持にまだなっていない。しかし、あの男にはなぜか心ひかれるものがある。

「お待たせ申した」

やがて沢彦が廊下をふみながら姿をあらわした。

沢彦会恩は京都妙心寺で修行した禅僧で、この時の年齢は定かではないが、信長よりは上であったにちがいない。

「ほう、那古野城の信長さまが……なぜ」

と沢彦はふしぎそうな顔をした。

「ようはわかりませぬが、お教えを乞いたいのでございましょう」

「教えを？　拙僧に」

首をかしげて釈然としない表情をしている。藤吉郎は昂然と言った。

「さよう。近くあのお方は大死一番（たいしいちばん）の大勝負をなされる。それゆえ、覚悟のありかたをお聞きになりたいのでございましょう」

なかば口でまかせの言葉と想像とだったが藤吉郎の言うことは当っていた。

その夜、生駒屋敷に戻ってきた僧・沢彦は信長と二人で向きあった。そして燭台の芯が鈍い音をたてて燃えている横で次のような会話がとりかわされた。

「余はこちたき法論など一向に信じぬ武辺者だ。一向門徒のように阿弥陀にすがる女々しい気もない。と申して死が恐ろしくないとは言えぬ」

相手の眼をじっと見つめながら信長は自分の本心を開陳した。

「当り前でございます。人である限り、死がこおうないと申すのは空威張りにすぎませぬ」

沢彦は微笑しながら答えた。

「いかなる名僧智識も同じか」

「拙僧は名僧ではございませぬゆえ、それは察しかねまする。しかし僧たるものは元来、死がこわいゆえに修行するのではございませぬか」

「そうであるか」

信長は大きくうなずいた。そうであるか、というのは彼の口癖だった。

「ならば教示たまわりたい。神仏を信じず、死が恐ろしくない術（すべ）はないか」

沢彦はまた微笑した。

「なにが可笑しい」

「信長さまは失礼ながら我儘なお方ときいておりましたが、なるほど大我儘者でございますな」

「なぜだ」

「神も信じぬ。仏の助けをも認めぬ。それで死がこわくない術を語れと御命じになります。それは素手で戦の場に出るのと同じこと。素手で敵とたち向うとすれば如何されます」

「手足も歯も使うて戦うであろう」

「その手足も歯も切りとられれば如何なされます」

「その折は……覚悟せずばなるまい」

「では」

突然、沢彦は力のこもった大声を発した。

「生死についても、覚悟されませ。神もなし、仏もなし、しかし覚悟は残っております」

「うむ」

「人間五十年、下天（げてん）のうちをくらぶれば、夢まぼろしの如くなり。ひとたび生をうけ、滅せぬもののあるべきか……武辺者の覚悟も我ら禅僧の悟りもこの一点につきますぞ」

「うむ」

後になって沢彦が口にしたこの幸若舞の一節は信長の最も愛する人生訓となった。彼は生涯、神仏を認めぬかわり、人生に潔い覚悟を肝に銘じた。本能寺の変で、明智光秀の大軍に囲まれた時、

「是非に及ばず」

ただひと言、そう言って、自決をした時も、この人生訓に従ったのである。

翌日、霧雨が降った。

「見ろ」

この生駒家の当主・生駒八右衛門がたまたま来あわせた前野将右衛門にささやいた。前野家はこの生駒家から十分ほど歩いた旧家で多くの馬方を養い、油と灰を売る生駒家の品を運搬する仕事をしている。

「昨日からあのように」

庭の大木の下で信長が趺坐して、

「那古野の大旦那さまがな、坐禅をくんでおられる」

「ほう」

大旦那さまとは当時、領主や城主をよぶ時の言葉だった。

若い大旦那さまは微動だにしないで眼をつむり、結跏趺坐の姿勢をとっている。その姿勢も公案もすべて沢彦の教えたものだった。

雨滴が体をずぶぬれにしたが信長は朝から動かない。

「なんのつもりだ」

とこの生駒家の居候になっている猿まわしの男が藤吉郎にたずねた。

「那古野の城を放ったらかして、あのような真似をされておる。その間に敵でも攻めてきたらどうなる」

そして声をひくめ、

「やはり世間の噂通り、うつけ者だな」

「たわけ」

と藤吉郎が猿まわしを叱った。

「信長さまはああやっておのれの御心を鍛えておられるのだ」

「坊主でもあるまいに」

と猿まわしはせせら笑った。

「今さら悟りもあるまい」

「信長さまはこれから戦って、戦って戦いぬかねばならぬ。戦うことは、いつ死ぬかもわからぬことだ」

一日中、坐禅を庭でくみ、翌日、信長は小姓たちをつれて那古野に引きあげた。そしてしばらくすると、また生駒家に夜半、あらわれる。日中はまた大木の下で趺坐をしている。

「お体にさわります」

その一日はろくに食事もとらぬ信長をみて吉乃は不安そうに眉を曇らせた。信長の顔は細長かったが、更に頰の肉が少し落ちたようにみえた。

「ほどほどに、なさりませ」

「ほどほどにはできぬのが余の性だ。女の吉乃もわかるであろうが、やがてこの尾張一国が敵に攻められる」

「今川さまでござりますか」

隣国の今川義元が近く大軍を率いて侵入してくるのではないかという噂は吉乃も耳にしていた。

「駿河の義元かもしれぬ。甲斐の武田かもしれぬ。その日が一日一日と近づいておるのに、わが織田はたがいに反目しあい、兵を集めても四千にみたぬ。されば……信長、いつ切り死にをしてもよいよう覚悟を作りたい」

信長がこのように自分の心境をうちあける相手は吉乃しかいなかった。彼は今、この世界のなかで吉乃だけを信用していた。

生駒家を訪れるたび、信長は坐禅をくんだ。

「まだ、悟りが開けぬと見えるな」

と生駒家に泊っている牢人や旅芸人たちはつつきあって笑った。

「開けるものか。悟りとは現世の執着をすべて捨てることだ。だが現世に執着があればこそ戦をくりかえす武辺世界のお方がどうして悟りが開けよう」

したり顔でそう嘲る者もいた。

藤吉郎だけがそんな陰口のなかで、

（あのお方、あるいはこのあたり随一の大将になられるやもしれぬ）

独得の勘で思った。

彼は坐禅をしている信長の姿を蔭からじっと見ているうちに、そんな気がしてきたのだ。

「八右衛門さま」

と彼は思いきってこの家の主人に頼んだ。

「お願いがございます。信長さまにおとりなし頂けませぬか。馬の口取りでも使い走りでも何でもよろしゅうございます。御奉公させて頂きたいと」

「お前がか」

前野家の「武功夜話」によると八右衛門はこの申し出に、

「汝のごとき小兵(こひょう)、膂力(りょりょく)も太刀振りもおぼつかなき者、心得違い甚だしきなり」

と叱りつけたという。

だが藤吉郎は手をかえて吉乃の身のまわりの世話をしている彼女の伯母の須古という女性に頼みこんでいる。そして彼の希望はやっと信長の耳に入った。

「うつけ者といわれている余になぜ奉公をする」

と信長は笑った。

「武家奉公を致したければ、頼り甲斐ある家に頼みこむことだ。たとえば美濃の斎藤、遠江の今川、甲斐の武田……」

藤吉郎は庭に土下座したまま答えた。

「なればこそ、お殿さまに御奉公したいのでございます」

「ほう、ふしぎなことを申すな」

「殿さまがいずれは天下人になられる方と思えばこそ、この藤吉郎、馬の口取りでもさせて頂きたくお願いするのでございます」

庭の地面に頭をこすりつけて藤吉郎は必死で頼んだ。

「武功夜話」を読むとこの頃の藤吉郎は弁舌たくみで、他人の気をそらさぬ名人だったという。しかも彼はいかなる人にも愛想よく、誠心誠意でつきあったらしく、先にのべた馬方の棟梁や人夫の親分ともいうべき蜂須賀小六からもこの生駒家滞在中に大きな信用をえている。

「余が……天下人となると申すのか」

「はい」

「なぜ、そう思った」

「坐禅なされているお姿を見たからでございます。殿、殿は死を覚悟なされました」

信長はじっと藤吉郎を凝視した。

「お許しくださりませ。身のほど知らぬ御無礼なことを申しあげました」

と藤吉郎は頭をすりつけた。

「本心から奉公致すつもりか」

と突然、信長は叱りつけるように怒鳴った。

「さようでございます」

「奉公致したくば……今川の動きを探り、それを土産に戻って参れ」

「は」

顔をあげて藤吉郎は信長を注目し、それからまた平伏した。

その夜、信長は吉乃を相手にしながら、

「奇妙な男よな。あの藤吉郎は」

「お召しかかえになるおつもりになられましたか」

「今は一人でも手足がほしい。家門、家柄はどうでもよい。智慧才覚にとみ、機転のきく者ならば家来にしたい。あの男、卑賤の身なれど、その面つき、尋常ではない」

「おかしな男でございます。もう旅姿をして、どこかに出かけたようでございますが」

「出かけた?」

信長は首を少しかしげたが、何かに気がついて微笑した。

今川の動きを探り、それを土産に持って帰れ——と思いつきで命じた命令をあの男は早速、実行しようとして旅だったのであろう。

そういう行動の早さが信長の気に入った。

もっとも、隣国、今川義元の動きを調べるため、信長は既に何人かの密偵は放っていた。そしてこの生駒家に近頃たびたび訪れたのも、たんに吉乃を寵愛するためだけではなく、当家に寄宿している旅芸人や旅僧や針売りたちから生駒八右衛門の口を通して情報を知るためでもあった。

今川義元はいずれ、尾張に攻め入って参る。

それはほぼ確実だった。しかし、何時頃か。それが知りたい。

けれども尾張は今川義元の大軍を迎えうつためには分裂している。織田一族だけでも大きく二つにわかれ、更にその二つも手を握りあっているわけではない。

今川の大軍が押しよせる前にこの尾張を統一しておく必要がある。信長の悩みはそこにあった。

もともと織田一族は尾張の守護・斯波氏の守護代にすぎない。先祖も越前丹生郡の神主だった家柄である。

守護・斯波氏は「武衛さま」とか「勘解由小路さま」とよばれ、現在の斯波義統は清洲に住んでいるが、昔日の勢いはなく家老たちにその権力を握られている。

だが格式だけはある。

「魔神となろうぞ」

と信長は急に叫んだ。

「またで、ございますか」

急に奇声を発するのは信長の癖だったから吉乃は笑った。

だが奇声を発する時は信長の頭脳が回転している時だった。彼はこの夜、守護の「武衛さま」斯波義統を倒さねばならぬと決心していた。

清洲

藤吉郎――後の秀吉の優れたところは相手の性格や心理を実にたくみに洞察するところにあった。秀吉と名のってからも彼は多くの敵を戦わずして降伏させているが、そのなかには調略、つまり説得して帰順させている例がかなりある。

その智慧は流浪時代、針を売って歩きながら一種の忍者のような仕事をしていた経験から学んだにちがいない。

だから彼は信長と話を交した短い時間、自分の主人となるべき男が悠長緩慢を嫌う性格だとただちに見ぬいた。信長に会った宣教師フロイスは「短気」といったが、短気というより、命令がただちに家臣によって実行されねば非常に機嫌が悪かったのである。

だから、

「今川の動き、探って土産とせよ」

と命じられた時、藤吉郎は鉄砲玉のように生駒家を飛びだしていた。それによっても信長の心証をよくしようと思ったからである。

足は南に向った。

今川の動向を探るつもりならば、当然、義元の居城のある駿府に行く筈である。

だが——

それを避けて、南の清洲に向うところが藤吉郎の藤吉郎たるところだった。

(あのお方のことだ)

と藤吉郎は考えた。

(既に何人かの間者を駿府に送っておられるであろう)

それならばなにも駿府まで赴くこともない。

藤吉郎は今川方も尾張進攻にあたり、織田一族の内紛を利用して、なんらかの工作、調略を行っているにちがいないと思った。

(俺がもし今川義元ならば、必ずそうやる)

敵の立場にたってみれば、その打つ手が見えてくるというものだ。

(工作、調略を行うとすれば何処(いずこ)であろう)

夜の街道を歩きながら考えた。

彼はこの八月、清洲の坂井大膳たちが兵を起し、信長と海津で烈しく戦ったことを注目していた。

なぜ清洲の斯波氏の家老・坂井大膳が信長に挑戦してきたか。

それにはうしろで糸を操る者がいた筈である。言うまでもなく今川義元がその人形使いなのだ。

（おそらく、大膳たちは侵攻のあかつきは尾張半国を与えられるという餌をつきつけられたのであろう）

藤吉郎は漠然とながらそう思っていた。

だからその真否をこの眼で確かめたい。藤吉郎の足はおのずと清洲に向った。

この頃の清洲城についてはその規模がよくわからない。

中村栄孝博士の研究によると、信長時代から二百年ほど前に歌人で僧侶の正徹（しょうてつ）が当時の清洲城を訪れて、

「ここは家居もさる方に広く……門前市をなせるようにて、都の外の心地もせず」

と書いたという。

斯波氏が守護になった時の清洲城は町家も整備され、城がまえも立派だったろうが、その町の半ばは焼かれていた。

信長と坂井大膳が戦った折、信長軍の一部がここに火をつけたためである。

こげくさい臭いがまだ漂っていた。城下町に入った藤吉郎は北市場といわれる場所に宿をとった。むかし放浪していた頃から知っている木賃宿である。

今度もいかにも針売りの姿をしてきたから誰も彼を怪しまない。

半ば焼かれた町を歩いて名ある神社や寺をひとつ、ひとつ回ってみた。

別に参詣をするためではない。

当時の神社や寺はまた武家の宿舎でもあった。

たとえば後になって信長が本能寺や妙覚寺を都での宿舎にしていたようなものである。

だから藤吉郎は寺をたずね歩くことで、そこに他国の武士が泊っていないかを調べたのだ。

清洲には有名な神社が三つある。「清洲の三社」といわれた上畠神社、御園神社、日吉神社である。

だがその三社とも静寂だった。

今度は久証寺という寺をのぞいてみた。

荒くれた小者風の男が三、四人境内の木の下で馬を洗っていた。

「どこに行く」

とその一人がこわい顔をして藤吉郎をよびとめた。

「針売りでござりますよ」

「いらん。帰れ」

その発音は駿河なまりがあった。あちこちの国を行商した藤吉郎だからこそそれを聞きわけることができた。

（やはり……）

思いあたった。そのまま城近くまで行ってみると、城近くには重臣の邸が並んでいる。そのなかで守護代である織田彦五郎（広信）の邸は一眼でわかる宏壮なものだった。

夜、その久証寺から何人かの供をつれた武士がそっと出てきた。藤吉郎があとをつけているとも知らず、彼等は城近くの彦五郎の邸にそっと入っていった。

（やはり何かある……）

藤吉郎はその日から毎夜、久証寺の監視を怠らなかった。

夜がふけると、久証寺に宿泊している駿河の侍が織田彦五郎の邸を訪れる。そういうことが三度ほどあった。

その翌日、那古野城内の馬場で悍馬(かんば)といってもいい馬をのりまわしていた信長に、向うから小姓の一人が駆けより、片膝を折った。

「生駒屋敷に住まいおりました藤吉郎なる者、追いかえしても追いかえしてもどうしても帰りませぬ。お屋形さまに御知らせ致したきことあり、としきりに申しております」

「鼠のごとき男か」

「はい」

「連れて参れ」

小姓がまた駆け出していくと、信長は汗をかいた馬をとび降り、家臣に手綱をわたした。信長自身もしとどに汗をかいている。上半身裸になって拭っているところに、藤吉郎が小姓に連れられ恭しくあらわれた。

「たった二日で戻ったか。約束の土産はあるか」

とぬき打ち的に信長は大声でたずねた。

「おそれながら御約束の土産になるかはわかりませぬが、清洲城に何か起りそうでございます」

「清洲に……」

「今川義元さまの御家来とみえます方々がひそかに織田彦五郎さまのお邸をおたずねでございました」

「広信をか」

広信とは彦五郎のことである。信長にとっては遠縁にあたるが、今はむしろ敵対者といってよい。

先に書いたように清洲城は尾張の守護・斯波義統の住むところだが、織田彦五郎（広信）は曾祖父以来守護代として仕えている。

「そのこと義統さまは御承知か」

「わかりませぬ。藤吉郎ごとき小者にはとても清洲城内にはもぐりこめませぬ。しかし織田彦五郎さまの邸に今川のお侍が訪れたことは、この眼でしかと見ました」

藤吉郎は目撃したことを詳しく報告した。

「ハゲ鼠。……どう考える」

と信長は汗をふきながら平伏した藤吉郎にたずねた。この男の頭の回転を試すつもりだった。

「おそれながら……今川義元さまは清洲を奪うために守護代の織田彦五郎さまに謀反をお奨めかと存じます。義統さまを亡きものに致せば清洲は彦五郎さまのものとなり、今川側はそれを認めるであろう——そのごとき御談合をかわされたのではありますまいか」

「清洲城を乗っとらせるつもりだな」

「さよう」

こやつ、頭が切れると信長は心中思ったがそれを顔には出さず、

「はて、面倒なことよ」

と溜息をついてみせた。だが藤吉郎は烈しく首をふり、

「いえいえ、これは殿さまにも絶好の好機。清洲を攻める名分がたちます。守護の義統さまを謀殺した一味一党を天にかわって攻める好機ができます」

そして自分の言葉に気づいて、

「申しわけござりませぬ。身のほど知らぬことを口に出しました」

とこの間と同じように地面に頭をすりつけて詫びた。


この年(天文二十二年)七月十二日。

うだるような暑さで蟬の声が朝からやかましかった。清洲守護・斯波義統の子、岩竜丸にお傅役(もりやく)の一人河尻弥三郎が、

「川遊びに向いた日でございますな」

と誘いをかけた。岩竜丸はもちろん、

「川遊びか、悪うはない」

と乗ってきた。

「若武衛様(岩竜丸のこと)は水練をなさらねばならぬ」

こうしてお傅役だけでなく館にいる屈強の若侍たちもこぞって岩竜丸をかこみ近くの五条川

に出かけることになった。

はしゃいだ笑い声が館から消えると、暑さはひとしお強くなった。館のなかに残っているのはほとんど老人たちで、彼等は庭の林で一段と鳴きつづける蟬の声をうつろな眼で聞いていた。

館から路ひとつを隔てて重臣・家老の家が並んでいる。

河尻弥三郎の伯父・河尻秀隆もその通りに邸をかまえている。

岩竜丸とその供の者たちの姿が消えたあと、河尻の邸の門が開いた。と同時に隣の坂井大膳の邸の門も開いた。

それぞれ三、四十人ほどの武装した侍がどっと館にめがけて殺到した。彼等はこの日、河尻弥三郎がわざと岩竜丸を川遊びに誘いだしたあと、手薄になった守護の館を襲撃する計画をたてていたのである。

指揮は織田彦五郎、家老の坂井大膳(だいぜん)、河尻秀隆たちである。

もちろん、この策謀は数日前、藤吉郎が見ぬいたように隣国の今川義元の応援を前提として企てられた。

「謀反でござる。謀反でござる」

館で取次役をしている善阿弥という男が大声をあげて館の廊下を走りまわった。それぞれの部屋で放心したように午後を過していた老臣たちは、その声に愕然として膝をあげた。

矢が館のあちこちにささった。散発的に銃声もする。戸を破る槌のひびき、廊下を走る烈しい足音。そして女たちの悲鳴。

あちこちで切りあいが始まった。城内は老人たちがほとんどであるから、切り伏せられ、蹴倒されていく。

屋根にのぼった反乱軍は四方から弓を射てきた。

「もはや、これまででござる」

と裏山で戦っていた柘植宗花が血まみれになって館の主人、義統に知らせてきた。

「火をかけよ」

覚悟をきめた義統は一門たちをつれて奥の間に入った。自刃するためである。

炎が起った。炎は襖をなめ、黒煙は柱を包んで火勢はどっと強まった。

館をとりまく堀に侍女たちが一人、二人と溺れていく。謀反を起した者の勝ちどきが起った。

五条川で水しぶきをあげて遊んでいた岩竜丸や若侍たちは清洲の館の方向から黒煙がたちのぼったのを目撃し、

「火事か」

愕然とした。あわてて川からあがった時、館から馬を走らせて急を告げる侍がきた。

「ここにおられては危のうございます。追手が参ります。早うお逃げくださいませ」

「信長公記」は岩竜丸たちがそのまま「湯帷子(ゆかたびら)のなりたち」で逃走したと書いている。

岩竜丸がこの清洲付近で頼れるのは那古野城の信長しかいない。

だが救いを求めて岩竜丸が湯帷子ひとつであらわれた時、信長は既にこの謀反の知らせを受けていた。彼の密偵が清洲の動きを見張っていたからである。

信長は、

「まことか」

わざと驚いた顔をみせ、

「武衛さま(義統)はいかがか。お救い申さねばならぬ」

と叫んだ。

だが、本当のところもう義統の死を彼は知っていたのである。

「檄(げき)をとばし、このことを織田一統に知らせねばならぬ」

それは信長が守護殺しの織田彦五郎(広信)や坂井大膳を討つ大義名分を主張するためだった。彼は藤吉郎の策をそのまま実行したのである。

下剋上の時代とはいえ、守護を殺したという行為はやはり天道に背くものと考えてよかった。

信長にとっては兵を起し、味方を集める名目ができた。

七月十八日——

信長の指図で末森城の弟・信行がまず兵を出した。指揮官は柴田勝家である。昨年八月、海津で坂井大膳と戦った時、末森城の部隊の戦いぶりは華々しくみえた。

「先陣は余が決める」

と信長はわざと強く言った。それは弟の後見役林通勝にも有無を言わさぬほどだった。信長は今度の戦いは天に代って不義を討つ大義がある以上、命に背く者は容赦しないという態度をわざとみせ、それによって信長の力を尾張一円に誇示することを考えていた。

末森城では一年ぶりに兵と馬とが城門を出ていった。元服したばかりの信行はこの先陣には加わらず、母や妹・お市と共に林通勝と城に残った。

「兄上は戦がお好きでございますか」

とお市が信行にそっとたずねた。

「好きにならねばならぬ」

と信行は少しだけ悲しそうな眼をして答えると、

「お市は……戦が恐ろしゅうございます」

と妹のほうは眼を伏せた。

信長からの命令にしたがい、柴田勝家の部隊は末森城を出ると敵の外廓防衛線にある三王口に向った。そして、既に那古野城から到着している信長指揮の軍勢と合流した。

「先陣、この勝家にお命じくだされ」

と勝家は信長のうしろに馬をつけて得意そうに言った。彼は年下の信長に自分の戦上手をみせたかった。

「先陣は長槍の足軽たちに命じた」

とうしろをふり向きもせず信長は答えた。

部下たちの面前で無視されたような気がして勝家は唇をかみしめた。

長槍の足軽たちとは信長自身の案で作られた槍部隊である。信長は短槍より長槍のほうが馬上の侍を突くのに有効と考え、半年前からこの特殊な足軽部隊を編制させていた。

（ふふん）

と勝家は心のなかで呟いた。

（その手並み、ゆっくりと見させて頂こうか）

三王口の背後では敵の清洲勢が馬を並べて待ちかまえていた。そのなかには河尻一族の河尻左馬丞や織田三位（さんみ）のような清洲の重臣たちがいる。

はなやかな彼等の戦旗が夏風に音をたてて鳴っている。その旗の列を遠くからじっと眺めていた信長は息を大きく吸いこむと、

「かかれ」

持ちまえの大声で命令をくだした。

長槍の足軽隊は槍をたててどっと走りだした。

これを見た清洲勢が馬でこれを蹴散らかすため動きはじめた。

あちこちで土煙が起った。七月の暑さで地面が乾ききっていた。

織田足軽隊は三人一組になり、駆けてくる敵の騎馬の胴や脚を思いきり槍で突いた。痛さに棒だちになった馬から武者が転げ落ちた。それを三人が同時に襲いかかった。

「ひるんでおりますぞ、敵は」

と勝家は信長に言い、自分の声におもねるものがあるのを恥じた。しかも信長は沈黙してその声を無視したのち、やがて、

「勝家、かかれ」

と命じた。

自尊心を傷つけられた勝家は、怒りをぶつけるように馬腹を蹴った。背後から藤江九蔵や芝崎孫三、木村源五、山内七郎五郎といった面々が走った。有名な「信長公記」を書いた太田牛一（ぎゅういち）もこの時、この勝家の部隊に参加している。

ひるんでいた清洲勢はこの柴田勢の攻撃を受け、主人を失った馬や倒れている者を見すてて算（さん）を乱した。信長のゆさぶり戦術が功を奏したのである。

(この敵は恐ろしゅうはない)

味方の優勢を馬上から目撃しながら信長はもうひとつの敵のことを考えていた。

もうひとつの敵――

清洲の坂井大膳たちを扇動して守護の斯波義統に謀反を起させた今川義元である。その敵が今日、どう出てくるか、それが信長には正直、不安だった。

父の亡きあと、混乱の尾張を今川義元が利用しない筈はない。清洲での謀反にも藤吉郎の偵察を待つまでもなく、今川側の策謀がみえかくれしている。

いずれは義元が大軍をひきいて尾張に侵入することは必定だった。

(その時は……勝つか、死ぬかのいずれかであろう)

いつもの心にむかって言いきかせる言葉を信長はもう一度つぶやいた。

(今川の軍門にはくだるまいぞ。勝たずんば、死あるのみ)

信長は坐禅は毎日、怠らない。死の覚悟は今の信長の目標だった。

だが万一勝つとしても、その可能性は百のうち一しかないことは彼自身がよく承知していた。

第一、今川家は当時の日本で総石高百万石をこえる膨大な領国(駿河、遠江、三河)を持つ大大名だった。しかも名門である斯波家の被官にすぎぬ織田家などそれに比べるとたんなる地方の小豪にすぎない。

（いつ、攻めて参るであろうか）

清洲勢の敗走をみながら、信長はまったく別のことを考えていた。

「殿、味方の勝利」

と馬上で血のついた槍をかかえて柴田勝家が戻ってきた。

「祝着至極に存じます」

「祝着至極に存じます」

次々に馬で駆けてきては家臣たちも討ちとった首をぶらさげて祝いをのべた。彼等はこの勢いにのって当然、清洲攻めにかかるものだと思っていた。

だから何もいわず、馬上で黙然と前方をみている主人の顔に気づくと、訝しさと不安との入りまじった表情で、言葉をじっと待った。

（清洲側は敗れたとみせて、今川の仕掛けた罠に引きこむ所存ではないか）

これが信長の疑惑だった。

（何か、やる。何かやらぬ筈はない）

疑問の色は彼の胸のなかで次第に濃くなった。

「このたびは引きあげよ」

口から洩れた第一声はそれだった。

「引きあげる、のでございますか」

たまりかねて柴田勝家がたずねた。信長はうなずいた。

(愚かなお方じゃ。戦の仕方を御存知ない)

勢いがついた時はその勝運を最大限に利用するのが戦のやりかただと勝家はいつも思っていた。

このような小競り合いで、天にかわって兵を起し守護殺しの謀反人を討つ戦と言えるだろうか。

蔑みの心が勝家の心にぐっと起ったが、

「引きあげよとの御指図だ」

とうしろをふりかえり、末森城からつれてきた藤江九蔵、太田又助(牛一)たちに吐きだすように言った。

だが、信長の直感は正しかった。

実はこの時——

今川側は信長に両面作戦を強いるべく、現在の半田市の近くにある小河城方面に大袈裟な攻撃をかけ、清洲側とはさみ打ちを企てていたのである。

もし信長が図に乗って清洲城に押しよせたならば、その隙に小河城を攻めとる計画がひそかになされていた。

けれども信長の第六感が働いた。

(何かある)

いかに大義名分の戦とはいえ、強者、勝者につくのが弱肉強食の世の習いである。信長は今は退くべしと思った。

余談だが後の信長は退くことも知っていた武将である。また膝を屈する時は膝を屈することも辞していない。彼が強大な武田信玄や上杉謙信には長い間謙虚な姿をみせていたのはあまりにも有名だ。

だが、その心が柴田勝家にはわからなかった。

(もう少し智慧あるお方かと思うたが)

というのが末森城に帰還する間の彼の実感だった。

「やはり、御器量において」

その夜、末森城では戸をあけ放し、燭台をあまたともして酒宴が開かれたが、林佐渡守通勝は勝家の話をきくと、

「弟・信行さまのほうが勝っておられる。織田の家督は……信行さまこそおつぎになるべきと思うが」

と大胆な意見を酒に酔ったように見せかけて口に出した。

「兄者人（あにじゃひと）の申さるる通りだ」

と通勝の弟・林通具（みちとも）もうなずき、

「信行さまは居ながらにして太守の御風格があられる」

と言い、

「そうは思われぬか。勝家殿」

と勝家に訊ねた。

勝家は林兄弟の真意がわかり、とまどった。

今の言葉はいわば信行を擁立して信長に反乱を起すことにつながる。はっきり言えば信長をやがては亡きものにする前提となる。

「だが……」

と勝家は言い逃れた。

「信行さまはまだ、お若い」

「お若いからと申して、手をこまねいていては、いつまでも信行さまは那古野の風の下に立たねばならぬ」

と林通具は強い声をだした。

「勝家殿さえ、御同意くだされば、信行さまをお立てする方策はいくらでもある」

「まあ、せくな」

と林通勝は兄らしく弟の通具を制した。

「勝家殿も御異存はない筈だ」

一方——

那古野城に戻った信長は軍装をとき、水をあびて汗を流した。そして湯帷子(ゆかたびら)のまま、あぐらをかいて地図をひろげた。

(このままでは今川側に弄(もてあそ)ばれるままになる)

今日の勝ち戦で引きあげを命じた時、柴田勝家の顔に軽侮の色がありありと浮んだことを信長は見ぬいていた。

(かやつには何もわからぬ)

柴田勝家だけではない。他の家臣たちも今日の信長の意外な消極性をふしぎに思っているだろう。

(兵がほしい。今川に戦を挑もうにも兵がない)

尾張と三河との地図を見おろしながら彼は唇をかんだ。

今川側は信長の弱点をよく知っている。だから清洲の坂井大膳たちを抱きこみ、坂井が謀反を起すと同時に、今川側も尾張と三河との国境を攪乱(かくらん)し、信長を嘲弄(ちょうろう)するかのように両面作戦を強いているのだ。

(手をこまぬけば、家中の信を失う)

と彼は思った。

立ちあがって、

「誰か、あるか」

と声をかけた。あらわれた小姓に、

「奥に参る」

と言った。奥とは正室の濃姫のいる場所である。

小姓の顔にかすかに好奇心の色が走った。信長が濃姫の部屋に行くことはあまりなかった。家臣たちはひそかに彼が商人生駒家の娘、吉乃に心を寄せていることを知っていた。

ぱっと踏み石に草履をそろえた男がいた。その顔をみると藤吉郎である。眼があった時、藤吉郎はまるで信長の考えがわかったようにかすかにうなずいた。

(無礼者)

信長は眼をそらし、そのまま歩きだした。あの男、何ごともしたり顔をする。それが信長には気に入らなかった。

濃姫の部屋に入ると、侍女と彼女とは驚いて信長を迎えた。いうまでもなく彼女は隣国美濃の梟雄斎藤道三の娘で、正式には帰蝶というが、人々は美濃の姫をちぢめて濃姫とよんだ。濃姫はこれが果して油売り商人から身を起した道三の娘かと思われるほどやさしげな顔をしていた。体も細く病身だった。

「御戦のあと、お疲れもなく……」

と侍女が彼女にかわって挨拶した。

「今宵はここで酒を飲みたい」

と信長は機嫌よく、あぐらをかいて、

「男は戦があるが、女は城の奥に生きねばならぬ。退屈ではないか」

とたずねた。

「いいえ」

「舅殿はお元気であろうな」

「はい」

と濃姫は身を縮ませるようにして答えた。

もちろん信長は斎藤道三を知っている。昨年の春、この婿と舅とは濃尾国境にちかい富田の清玄寺ではじめて対面をした。

その模様はあまりにも有名で、あらためて記述する必要もあるまい。信長は舅の老狐のような顔をみた時、一目で、

（油断ならぬ老人）

と思った。

この老人は必要とあらば娘の婿である信長でも平然と毒殺しかねない。狡猾（こうかつ）、老獪（ろうかい）、冷酷をそのまま顔に描いたような男で、やはり油売りの身から一国を攻めとっただけあると信長は感じたのだった。

「しばらく、舅殿の城に戻る気はないか」

と酒器を傾けながら信長は何げなくたずねた。

「美濃に、戻れ、と仰せでございますか」

濃姫は眼を大きく開けて夫を凝視した。

「そうだ」

「なぜ、でございます。縁を切るとのお心でございましょうか」

「そうではない」

信長は手をふって微笑してみせた。

「まもなく、この那古野城が戦の場所になる。攻めて参るのは清洲の衆とそのあと押しをする

今川義元の大軍である。信長は僅かな兵をもってこれを迎えうたねばならぬ。それゆえそなたをはじめ女房衆たちはできれば美濃にあずけたい」

濃姫は口をつぐんで夫を見あげていたが、

「女の身ゆえ戦のことは何もわかりませぬ。されどこの織田の家と父の斎藤の家とは縁つづきでございます。兵が少なければ美濃より軍勢をお借りになられては如何でございましょうか」

「ほう」

信長は感心したように膝をたたき、

「だがはたして舅殿がこの那古野城に兵をお貸しくださるであろうか」

「なぜでございます」

「この戦国の世のなか、舅殿にとっても一兵たりとて失うてはならぬ大事な軍勢であろう。それを婿を助けるためとはいいえ、おさきくださるとは思えぬ」

「お許しくだされば、この帰蝶が父に頼んでみます」

信長はしばらく考えたふりをして、うなずいてみせた。

道三が兵を貸すのを拒絶しないのは信長にわかっていた。

しかしそれは婿のためというより、婿を助ける名目で、この尾張や信長の軍勢を偵察するためである。あの老獪な斎藤道三がただでは兵を貸し与えぬぐらい信長は承知していた。

最初の踏石

信長が正室濃姫を通して舅の道三に援軍をたのんだのは二重の目的があった。

ひとつは、もちろん——

清洲と今川との二つの敵と戦うには兵が少ないため、援兵を乞わざるをえなかったこと。

もうひとつは、老獪な道三の派遣部隊に戦いぶりをみせて、信長恐るべしと思わせるようにすること。

少なくとも、この二つぐらいの狙いが胸中にあったのであろう。

美濃・稲葉山城で道三は娘からの手紙を読み終えると、

「守就(もりなり)をよべ」

と家臣の安藤守就を呼んだ。そして濃姫からの書状を彼に手わたした。

「御承知なされますか」

と守就がたずねた。

道三は苦虫を嚙みつぶしたような顔で——年をとるに従い、この男の素顔はいつもそのようになった——

「あのうつけ者（信長のこと）の戦ぶりを知るには、恰好の折となる」

とうなずき、

「軍兵千人ほどを貸せばよい。ただ、信長の戦ぶりをよう見聞きして参れ」

と言った。

「信長公記」にはこの時の会話を要約して、斎藤道三が「見及ぶ様体日々、注進候え」と命じたと書いているが、老獪なこの老人もただで兵を貸したのではなかった。

安藤守就は早速、千人ほどの部隊を率いて那古野城に向った。天文二十三年、正月十八日である。

信長は那古野に近い志賀までこの援兵を迎え、

「舅殿の御厚志、まことにかたじけない」

家臣たちも驚くほど腰を低めて安藤守就に礼を言った。

そして、ここから信長と守就との間に狐と狸の化かしあいのような会話がはじまる。

「この志賀、田畑にささやかながら、われら美濃家の陣を用意いたした」

なるほど急づくりだが、柵をこしらえ、根小屋をつくり、兵がただちに入れるようになっている。信長としては自分の留守中、道三の家来に那古野城を乗っとられることを警戒したのである。

「有難きお心づかい、恐縮でございます。されどわれらも援兵として参った上は、この場所にて物見遊山をして日は過せませぬ」

と守就もうす笑いをうかべて答えた。

「御出陣の御家来衆のなかに、我らのうち二、三百はお加え頂きたい」

守就の狙いはもちろん主人に命じられた通り、信長の戦略や戦いの駆け引きをみることにある。

信長はもちろん、その狙いを察している。察してはいるが素知らぬ顔で承諾した。

こうして千人の援軍を美濃から借りると、信長は即刻出陣命令を配下の将兵にくだし、弟の信行のいる末森城にも戦に加わるよう指令した。

「なに」

報告をきいた信行お傅役の林通勝は満面を紅潮させて、

「今川を相手に戦？　どのようにして戦をなさるおつもりか」

と信長の使者に怒りをぶつけた。

「無策と申すか、無謀と言うか」

彼は大きく溜息をついてみせた。

「かかる戦なにゆえ、この一長の通勝にさえ一言の御話なきか」

一長とは筆頭家老の意である。通勝はもし自分に相談があったのなら必ずこの無謀な戦を諌めただろう、とのべた。

通勝のいうのももっともだった。

信長は清洲城を使嗾する今川側に一度は鉄槌を下すつもりだが、しかしそれは危険な賭けでもある。場合によっては今川が本気で大軍を動かすかもしれぬからである。

（童の火遊びにひとしい）

通勝は心底から、

（やはりかかるお方を織田の棟梁に奉るわけにはいかぬ）

と信ずるに至った。

「馬を出せ」

彼はわずかな供をつれて那古野城に駆けつけた。

「この戦、およしくだされ」

それを信長に言上するつもりだった。

だが信長は横をむいてしばらく返事をしなかった。

彼も林通勝から好意を持たれていないことを何となく知っていた。

だが林通勝は信長の父・信秀の頃から織田家の筆頭家老としての地位を持っている。彼と争えば家中を二分する内紛にもなりかねまい。

「通勝、異存があらば、このたびの戦いに加わらずと苦しゅうないぞ」

と信長は自分の感情をぐっと抑えながら言った。これが十年後の彼だったならば、わが意見や命令に逆らう者はただちに追放か切腹を命じたであろう。

しかし、それができぬところが、四面に敵を受け、一族にも離反者を持つこの頃の信長の弱味だった。

「さようで、ござりますか」

通勝はせせら笑うようにうなずいた。

「有難き倖せにございます」

事実、那古野城を退出した彼はそのまま弟の美作守（みまさかのかみ）（通具）と共に自分の勢力下にあった荒子の城に立ちのいた。

ついでながら書いておくと、この荒子は前田利家とその一族の出身した場所で、当時の尾張でもこのようにそれぞれの村の土豪が武士となりそれぞれ大きな家に仕えたのである。

この戦は戦いではあったが、同時に信長がやらねばならぬ演技があった。三人の相手に彼は自分の戦ぶりの激しさを見せねばならなかったのである。その三人とは、まず今川義元、次に斎藤道三、そして林通勝だった。この三人に「あの若者、ただ者にはあらじ」と思わせようと思った。

この心理は信長の生涯を思い出して書いた家臣の太田牛一の「信長公記」を読むと実によくわかる。

林通勝とその弟が荒子城に引きあげたのが正月二十日。

その二日後、風がひどかった。今川側が占領している村木城（現在の知多郡東浦町）を攻めるためには、この風をおかして海を渡らねばならぬ（当時の地形は現在とちがっていて現在の東浦町のあたりは海だった）。

「とても船は出せませせぬ」

と船頭、水夫(かこ)は牙のように白い波頭をみて首をふったが、ならぬ、と信長は大声をあげた。

彼としてはこの強風を冒して今川方を攻めてこそ、今日の目的が果されるのだ。

一時間ほど荒波にもまれて全将兵は着岸、その夜は正月の寒さのなかを野営。村木城からさほど遠からぬ水野忠政の緒川城に向った。水野忠政は現在のところ信長側についていたからである。

二十四日、まだ真っ暗でしかし寒気のなかを信長は眠りこけている将兵を起した。敵に発見されないうちに今川方の村木城を包囲するためである。

（おそらく、今日は多くの者が討ち死にいたすであろう。だが、怯んではならぬ）

信長は我とわが心に言いきかせた。

闇が割れ、空がしらみ、しらみはじめたその空に今川方が築いた村木城の望楼が浮んでいた。村木城は城というより砦ほどの小さな防御点だが南側は大きな堀がひろがっている。北は要害だが手薄である。

「南の攻めは余が致そうゆえ西のからめ手は叔父御にお願い致したい」

叔父御は織田信光といい、信長の父・信秀の弟である。血縁のなかでは信長に力を貸してくれたただ一人の縁者といってよい。

戦は辰の刻（午前八時）から始まった。南の堀ばたに立った信長は、自身で城の狭間にむけて鉄砲をうった。「鉄砲とりかえ、取りかえ放させられ」と「信長公記」は書いている。

信長の小姓、近習も「我劣らずのぼり、突き落とされては、またあがり、手負い死人その数を知らぬ」ほどの激戦が開始された。

（いかに死骸の山、築いても退くこと、あるべからず）

攻め手のなかには斎藤道三からの援兵もまじっている。彼等は戦うためよりは信長の戦ぶりを見にきているのだ。

一方、敵の城のなかにはいつかは尾張を我がものにせんとする今川方の兵たちがまじってい
る。彼等を全滅させる気は信長にはない。むしろ生き証人として今川義元に尾張勢侮るべから
ずと報告させねばならぬ。

午前八時から始まった戦は午後になっても決着をみない。

信長の下知に兵たちは「我も我もと攻め上り、塀にとりつき、つき崩しつき崩し」攻撃を重
ねた。死闘が何時間もつづいた。

鉄砲の響き、硝煙の臭いと煙、怒号、喊声の渦。

だが城中の兵の反攻もすさまじく「信長小姓たちも数知れぬ負傷者、死者が出た」(信長公記)。

申の下刻(午後五時)、冬の闇がようやく、あたりに忍びよってきた。

「足軽たちは疲れ果てております。今夜はこれにて戦をやめ」

と重臣の一人が言うと、

「ならぬ」

と信長は大声をあげて首をふった。

「夜討ちの支度を致せ」

味方が疲れている時は敵も疲労している。ここが勝敗の瀬戸際だと信長は思った。尾張衆す

さまじき者よと敵に心の底から考えさせたい。

信長の剣幕に圧倒されて重臣たちが黙りこんだ時、血まみれの顔で水野金吾（忠政）が駆けこんできた。金吾は信長側の緒川の城主である。

「城より降参して参りました」

この声をきいた時、重臣たちは思わず大きな吐息を洩らした。

「わが手の者で討ち死にしたる者の名は」

と信長はたずねた。

「早川与三郎、梶川六郎、蜂屋三左衛門」

その名をひとつ、ひとつ聞きながら信長が横をむいて、涙を流しているのを重臣たちは目撃した。『信長公記』で信長が泣いたと書いているのはあとにも先にもこの一ヵ所だけである。

彼としては余程、この水野金吾の報告が嬉しかったにちがいないのだ。涙は嬉し涙でもあった。

美濃から斎藤道三の命令で兵千人と共に信長を助けにきた安藤伊賀守は、美濃にもどると詳しく主人に信長の猛攻ぶりを報告した。

「すさまじき男、隣には、はや成人にて候よ」

と道三は苦虫をかみつぶしたような顔をした。

彼としては兵千人を信長に貸したのは好意というよりは、やがてわが領地にしたい尾張の婿を調べるためだった。それだけに婿・信長のすさまじい戦いぶりは彼を不安にさせたのである。

今川義元はこの敗戦を耳にした時、庭で蹴まりを楽しんでいたが、

「そうか」

と一向に気にもせず蹴まりを家臣とつづけた。

彼には清洲勢が敗れようが、毛ほどの痛みはなかった。義元はその織田信長という青年の動員力を知っていた。三ヵ国の太守である義元には都にのぼる折は三万の兵を動かすことができる。

鎧の袖のひとふりでかの信長など、ふっ飛ぶであろう。

この今川義元の自信のほどをよく知っていたのは信長の命令にもかかわらず、参陣を拒んで荒子の前田利昌の荒子城に退いた林通勝である。

前田利昌の四男・利家は幼名は犬千代とよび、当時、人質として信長のもとに送られていた。そしてこの戦に敵の騎馬武者一人を討ちとって信長からほめられた。

犬千代は信長の寵童だった気配がある。後に加賀百万石の大名となった彼の話を書いた「亜相公御夜和」にそれを暗示する言葉があるからだ。

荒子城の前田家は林通勝を寄親(よりおや)としていたから、この報を通勝は前田利昌と共に耳にした。

「信長さまはお勝ちになったとはいえぬぞ」

その林通勝は弟の通具と利昌とにこう言った。

「たかが小競り合いに勝ちをえられただけだ。まことの戦は始まっておらぬ。いや、むしろ、信長さまは誤って枯野に火をつけたのかもしれぬぞ」

子供の火遊びが山を焼くことがある。

信長は清洲や今川側に彼の戦いぶりを誇示したつもりかもしれぬが、それが逆に今川義元の戦意をあおるかもしれぬ。

「駿河勢はいつ攻めて参るでありましょうか」

前田利家の父・利昌は不安そうにたずねた。

彼のような尾張の小土豪は祖先以来、勝ち目のある側について、自分の土地を守ってきた。それだけに今川が攻撃してきた時、どのように身を処するかが問題だったのである。

「わからぬな、だが……」

と林通勝がひくい声で、

「その時が早まったことは確かだ」

「信長さまはいかように駿河勢を迎えうつ御所存でございましょうか」

と利昌は更に不安げに質問した。

「その儀についてはこの通勝に一度も御相談なされたことがない」

と通勝は苦々しげに答えた。

「どうやら、お父上の信秀さまとちごうて信長さまはわが林一党を見くびっておられる」

と弟の林通具が腕をくんで答えた。

「利昌殿、案じめさるなよ」

と通勝は顔を曇らせた前田利昌をなだめるように、

「信長さまはとも角、弟の信行さまのほうは林一族を御信頼になられておる。信行さまは間もなく立派に成人（おとな）になられる」

そうか、そういう考えかと前田利昌は驚いたように林兄弟を見つめた。

「だが、今川勢にたいしては……」

「この林通勝、それほど愚かではない」

と通勝は謎のようなことを言った。

「信長さまはまだ戦に勝たれたとは言えぬぞ」

林通勝は蔑むように言ったが、信長自身もそれぐらいはよく承知していた。

やがて攻めのぼってくる駿河の今川勢と戦うのにまず兵が足りず、軍資金も足りなかった。

まだ幼い時、信長は蝮（まむし）の首をつかんで自分を小馬鹿にした家臣に、

「この蝮を小さいと侮れば、ひどい目に遭うぞ」

と脅したことがあった。

今度の戦いの目的のひとつはあの幼年時代と同じように隣国の今川、斎藤にたいする威嚇であった。だが向うが本気で立ちむかってくれれば、尾張がいかになるかは信長自身が一番よく知っていた。

「まだ、お伏せになられませぬか」

久しぶりで訪れた生駒屋敷で主人の生駒八右衛門が戸をあけてそっとたずねた。

信長は坐禅をくみ、眼をつむったまま動かない。これは去年からの彼の習慣になっていた。

その姿勢をみて、そっと出ていこうとした八右衛門に、

「待て」

信長は声をかけた。

「あのハゲ鼠はいるか」

「藤吉郎でございますか」

「うむ」

八右衛門が去ると信長はまた眼をつむった。

やがて、笹を踏む音がきこえ、八右衛門がふたたび姿をあらわし、

「呼んで参りました。ただ今、庭さきに控えております」

「苦しくない。この書院にあげよ」

八右衛門は少しためらった。小なりといえども信長は那古野城の城主である。そして藤吉郎は織田家に仕官を願いでているが、草履とりにもなれぬ小者である。

「かまわぬ」

と信長は首をふった。

やがて畏まって入ってきた藤吉郎と端坐している八右衛門に眼をやり、

「義元はやがて攻めてくる」

と信長は不意に、だが静かに言った。まるで誰かの来訪を教えるような平静な声だった。

「そのためには那古野の城は不便である。今川を迎えうつためには清洲の城がほしい」

その言葉を聞いて八右衛門はうなずいた。今更、信長に告げられなくても、そんなことは当然だった。

「だが、こたびの村木での戦では清洲を乗っとることは控えた。更に戦えばわが側は兵を失う」

「仰せの通りでございます」

「戦わずしてあの城を奪いたい。八右衛門、この生駒の家に寄宿する者は何人おるか」

と八右衛門にたずねた。

さきにも書いたようにこの小折村の、油と灰とを各地にさばく豪商・生駒屋には牢人、旅僧、行商人などさまざまな連中が寄宿していた。

当主、生駒八右衛門はそう言った連中から隣国や各地の情報を仕入れて、それとなく信長にも伝えていた。仕官を願い出た藤吉郎もその一人だった。

「武功夜話」は当時の藤吉郎が「乱波（忍者）の類か」と思われたほど風体無頼の輩だったと書いている。

「小兵なれども武芸あり、なりに似合わず兵法の嗜みも深く、はじめは会体知りがたし」

「ただ今のところ十数人が泊っております」

と八右衛門にかわって藤吉郎が答えた。

「ならばその十数人のうち気心知れて頼むに足る者五人を選び」

と信長は燭台のほうに顔をむけて命じた。

「五人には行商、旅僧の風体をなさしめて清洲に赴き、この信長と叔父上・孫三郎殿とが仲たがいをしたと噂をひろめよ」

信長には何人かの叔父がいた。その一人がこの孫三郎で、彼はこの小折村と那古野とのほぼ中間にある守山城の城主だった。

「はっ」

と答えた藤吉郎は信長の細ながい顔を凝視した。

機転のきく彼の頭は信長の思いがけぬ言葉の裏にあるものを嗅ぎとった。

(そうか。そういう罠を仕掛けられるのか)

と彼は心のなかで呟いたが、さかしらにそれを口にはしなかった。信長の性格を見ぬいていたからである。

「畏まりました」

彼は平伏して座を退ると、生駒の屋敷の居候から信頼できる旅僧や物売り五人を選び、翌朝早く清洲に向った。

清洲は藤吉郎にとって行きなれた場所である。前にも信長の命令をうけて針売りにばけ、この守護代・織田彦五郎や家老の坂井大膳が今川方と通じて謀反を起そうとしているのを探った。

「あの信長さまは」

と彼は道中、五人の者にかたく言った。

「うつけ者と言われておるが、あれは大変な策士でもあられる。今にみておるがよい。天下はあの方のものになる」

藤吉郎が予感したように信長は生駒屋敷に二、三日滞在したあと那古野城に引きあげたが、すぐに守山城にいる叔父・孫三郎をたずねた。

さきほどの戦で信長が守護・斯波氏を殺した坂井大膳や織田彦五郎に懲罰の戦を挑んだ時、味方になってくれたのはこの叔父だけだった。

おびただしい土産物が守山城のなかに運ばれた。相好を崩した織田孫三郎に、

「村木での戦にお力添えがなければ、とても勝てたとは思いませぬ」

と信長は腰をひくくして礼をのべた。

小姓が土器（かわらけ）と酒とを運んできた。信長は懐中から地図を出し、それを孫三郎の前に拡げた。

「御覧なされよ。今川義元めが攻め参る時、清洲城が味方いたせば国境の砦は挟みうちとなります。されば清洲はどうしても手に入れねばなりませぬ」

「だが、今、戦を仕掛ければ義元に大軍を動かす口実を与えることにならぬか」

「されば策を思いつきました。まず、叔父上とこの信長に争いが生れたようにみせかけ、清洲の出かたを見るのでございます」

「ほう」

ほうとうなずいたが孫三郎の顔にはかすかな不安の影が動いた。

「もしこれが成就いたせば叔父上には那古野城をお渡し申しあげ、尾張半国の西すべてをお任

せしたいと存じております」

驚きと喜悦で孫三郎の口がほころぶと、

「ここに誓詞も持参いたしました」

と信長は伴ってきた小姓が恭しくささげる誓詞を両手でおし頂き孫三郎に渡した。

小さな守山の城主にすぎぬ孫三郎にとって、那古野城主になるという約束はまぶしいほどの魅力があった。

「それで……如何致せばよいか」

「しばらくお待ちくださいませ。清洲がおそらく何かをはじめると存じます」

信長はこの時、あの藤吉郎のハゲ鼠のような顔を思いうかべた。あの男ならうまく立ちまわるであろう。なぜか知らぬが彼は少しずつ藤吉郎は役にたつという気持になっていた。

その信長の期待にそって――

藤吉郎たちは清洲城下で噂をばらまいていた。それぞれ虚無僧(こむそう)や猿まわしにばけている。

「守山を通ってきたが、あわただしい気配じゃ。守山の織田と那古野の織田とが仲間われをしたと聞いたが」

と木賃宿で藤吉郎がしたり顔で言うと、

「俺もな」

と旅僧がうなずいた。

「那古野の城下でおなじ話を耳にした」

清洲の城下町はこの間の戦で火をかけられてあちこちに焼けあとが残っていた。

「また、戦か」

と木賃宿の主人が閉口したようにたずねると藤吉郎は首をふって、

「いやいや、清洲の者は案じるな。戦があったとしても、ここからは離れた場所だ」

となだめた。

この話はまたたく間に清洲城の守護代織田彦五郎と家老の坂井大膳の耳に入った。彦五郎は織田の姓を名のっているが、信長や孫三郎にとっては遠縁にすぎない。しかし清洲守護代を務める本家の血すじである。

「まことであろうか。まことならば、その際に乗じて、兵を出し……」

と彦五郎が言うと、年上の坂井大膳は首をふって、

「いやいや。むしろ孫三郎殿を我らの側に引き入れ、安心させて殺すのは如何でござりましょうか」

その三月下旬。

「かねてより信長、筋目にはずれ、乱暴狼藉(ろうぜき)の段、言語道断、我ら無念を散じたもの……」

という文字から始まる坂井大膳の書状がひそかに守山城に届いた。

それによると、信長打倒のため大膳と守護代の織田彦五郎とは悦んでお味方を申しあげる。そのために孫三郎殿が清洲にこられ彦五郎と共に守護代になられても差し支えない、という内容である。

（罠だな）

と孫三郎からこの書状を見せられた信長は直観的に感じた。

「こちらが狐ならば坂井大膳は狸でござる」

と笑った。

「叔父上、清洲に参られよ。参って大膳を安心させ、奴を謀殺なされませ」

孫三郎は驚いて甥を見た。彼が驚いたのはこの陰謀ではなく、その時の信長の平然とした表情のためだった。

余談だが、後に信長は戦術、戦法の天才となっただけでなく、敵をあざむき、謀殺することを何度もやっている。謀殺も彼にとって戦のひとつだった。

気圧(けお)されて孫三郎は黙った。

「叔父上はお嫌か」

「いや、嫌とは申さぬが……」

「清洲を奪えば、尾張の南はことごとく叔父上の御領地になりますぞ」

とたたみかけるように信長は言った。

尾張の国は新緑だった。陽に光りかがやく若葉のなかを織田孫三郎は腕のたつ者たちを供のなかに入れて清洲に赴いた。

大手門の前には守護代・織田彦五郎と坂井大膳たちが家臣たちと待っていた。

「よう参られた。孫三郎殿」

と孫三郎よりも年上の彦五郎はいたわるように頭をさげ城内にむかって歩きだした。彼は信長や孫三郎と同じように織田の姓を名のっているが血すじの格式では彼等より一段上である。そのあとから体も顔も角ばった坂井大膳がつづいた。

酒宴が早速、開かれた。だが孫三郎は盃を口に運ぶふりをしながらくぼんだ眼がじっとこちらを窺っているのに気づいた。それは坂井大膳の眼だった。

(気どられたのではあるまいか)

と孫三郎は一瞬、顔を強張らせたが、すぐに作り笑いをうかべて彦五郎に話しかけた。

「及ばずながら守山衆がこの清洲をしかとお守り申しましょう」

「忝(かたじけ)ない。孫三郎殿がお手を貸してくだされば百万の味方を得たよりも頼もしいぞ」

「お差し支えなくばうかがいたいことがある」

と孫三郎はたずねた。

「駿河の今川義元殿とは、いかなるとり決めになっておられる」

突然の質問に坂井大膳も彦五郎も黙りこんだ。だが大膳が腹をきめたように答えた。

「やがて義元公が御上洛の折は、この清洲勢もその軍勢に加わるかわり、尾張一国を、我等にくださることになっております」

坂井大膳は今川方の傘下に入ったことをむしろ誇るように、

「さらば孫三郎さまも我らの側に味方されたこと祝着でござります」

と言った。

(そうはさせぬぞ)

と孫三郎は表向きはうなずいてみせながら談合をつづけた。

信長との約束では明日の早朝、この清洲で乱を起すことになっている。乱を起すと同時にこの城の四方に身をかくしていた孫三郎の手勢が突入することになっている。

酒宴が終ると孫三郎と重臣とは清洲城の南櫓(やぐら)に引きあげた。

一方、坂井大膳も彦五郎に眼くばせをした。孫三郎とその重臣たちが寝しずまった時、宿所の南櫓に刺客を放つつもりだったからである。

「よいか」

彼は孫三郎たちの影が消えるのを確認してから、あらかじめ選んでおいた手の者、数名をよんだ。

「手ぬかるな」

夜半子の刻（午前零時）、これら数名の刺客は月光の照る城内を南櫓に忍び寄った。

南櫓は死んだように寝しずまりかえっている。

「それ」

と一人が合図して櫓の戸をそっと開いた。全員がなかに入った時、かくれていた孫三郎の家来たちが飛びかかってきた。

こちらは数人、向こうは十人以上。勝敗はまもなく決着した。

寅の刻のはじめ（午前三時）まで待っていた坂井大膳は刺客たちが南櫓に入ったまま戻ってこないのを不気味に思った。そっと南櫓の方をみると月光、耿々として櫓だけが黒く高く、威嚇するがごとく立っている。

（計られた）

途端、大膳は言いようのない恐怖をおぼえ、戦意を失った。

「信長公記」はこの時の有様を大膳が、

「すさまじきけしきを見て、風をくり、逃げ去り候」

と書いている。

彼ほどの者が逃走したのは清洲の周りに信長たちの軍がかくれ城外、城内から攻めかかってくると錯覚したのかもしれない。

大膳は織田彦五郎さえ見すてて駿河に逃亡した。もちろん今川義元の保護を受けるためである。

これを知った孫三郎は孤立した彦五郎の城館を包囲した。彦五郎の小姓たちは奮戦をしたが、次々と戦死した。

孫三郎は館のなかに入り、

「自害されよ。そのかわり、女、子供の命は助けよう」

と彦五郎に奨めた。彦五郎は奥の間に入って自決している。

この日は晴。朝陽が半ば焼けている清洲の町にさしはじめた頃、すべては終っていた。町の者には早朝の惨劇を知らぬ者さえいた。一晩にして清洲城は別人のものになっていたのである。

兄妹

清洲城が落ちた夜、信長は小折村の生駒屋敷に宿泊していた。

馬の蹄の音が遠くから聞えてくるのを寝所のなかで信長は素早く耳にして起きあがった。

「なにか……」

とそばでこれも伏せていた吉乃がたずねた時、蹄の音は生駒屋敷のなかで急に止った。

吉乃の質問に答えもせず、床に坐りなおした信長は書院までの廊下を踏みならして生駒八右衛門がくるのを待った。

「殿」

八右衛門は板戸をあけて片膝をつき、

「孫三郎さまより火急の御使者でございます」

「清洲は落ちたか」

「坂井大膳は逃げ、彦五郎さまは御自害。まことに祝着至極に存じます」

信長はうなずいたきり、寝床にあぐらをかき何も言わなかった。

燭台の炎がゆらいで彼の細ながい横顔に影を与えた。吉乃も八右衛門も不安そうにその姿を見つめている。

「大儀であった」

と我にかえった信長は手をふって八右衛門を退出させた。

だがそのまま横にならず、指でしきりに頬をさすり何かを考えつづけている。そしてその眼がつりあがり、次第に光りはじめてきた。

吉乃は後になっても、信長がこの時とまったく同じような表情と眼つきをするのを何度も見るようになっている。

「殿さま、殿さま」

と不安にかられた吉乃は声をかけ、

「お気色がお悪うございますが」

「一人、一人殺さねばならぬ」

信長はまだ沈思黙考からさめやらず、燭台のほうを向いて呟いた。

「一人、一人殺さねばならぬ」

そしてはじめて吉乃が彼を見つめているのに気がついて信長は、

「何をしている」

と叱った。

「ひとりごとを、おっしゃっておられました」

「ひとりごと？　何と申した」

「一人、一人殺さねばならぬ、と」

信長は沈黙をした。吉乃は信長が平生から女は武辺のことに口を出してはならぬと言っているのを憶えていた。

だから彼女はそれ以上、何もたずねなかったが、今、燭台のそばで信長が何かを謀っていることだけは気づいた。そしてその謀（はかりごと）は次々に誰かを殺すことに向けられているらしかった。殺し殺される下剋上の世のなかだから吉乃もやむをえない仕儀だと思っている。だが信長のこのような凄惨な表情をみるのは彼女としてははじめてだった。

それから十日後——

「お市さま、お市さま」

と桔梗があわただしく市に知らせにきた。桔梗は末森城のなかでお市の世話をする侍女だった。

市はこの年、九歳。部屋のなかで別の侍女と双六遊びをやっていた。

「お市さま、那古野のお城からお兄上さまがおいでになります」

「お兄上さまが」

那古野のお兄上さまとは信長のことである。

だが十三歳も年上の信長は市にとって兄妹という気がしない。遠縁のこわい叔父という感じである。

彼女が兄だと実感できるのはこの末森城で一緒に住んでいる信行だけだった。信行は妹の市にやさしい兄だった。

「もう、しばらくで御到着になりましょう。しっかり御挨拶なされませ」

と桔梗は市に念をおした。

九歳の市はおぼろげながらこの尾張で戦が行われたことを知っていた。それは男たちの世界の出来事である。彼女にはその戦の勝敗など関心がなかった。それよりも武家の娘として毎日、学ばねばならぬ習字や歌のことが気にかかった。九歳になればその頃から何処に嫁しても恥ずかしくない教養を身につけねばならない。

「なに。信長さまが参られる」

知らせをうけた林通勝は不意をうたれて彼らしくない声をあげた。

「あまりに不意ではないか」

不意ではないかと言いながら、林通勝は来るべきものが来たという気持がした。村木攻めの折、信長の計画に反対し、参陣を拒んだ通勝には戦が終ったあとも那古野城から何の沙汰もないのが、かえって不気味だった。

本来ならば罰せられて然るべき行為である。にもかかわらず信長は黙っている。その頭に如何なる考えがあるのかわからない。

「勝家殿にも早う知らせよ」

急いで裃をつけながら通勝はてきぱきと指示した。信長が末森城を訪れる以上は重臣そろって大手門で出迎えねばならぬ。

「それでお供の数は」

「五、六十人と承りました」

「五、六十人」

かすかな安心感が起った。信長がもし通勝を懲罰すべく来たのならば、五、六十人の少人数ではこない。

「鷹狩りの御装束でとのことでございます」

「鷹狩りの御装束？」

うなずいて彼は頭のなかで、どのように信長の詰問に答えるか、これまで考えていた言葉を復誦した。

大手門の手前で城主・信行を真ん中にして、通勝、勝家、その他の重臣が裃姿で並んだ。

やがて栗毛の馬にのり、笠をかむった信長を先頭に五十人ほどの家来の列が城門に入る坂を登ってきた。

「信行か」

と馬上から信長は弟にむかって、

「母上の御機嫌うかがいたく鷹狩りの途中、ここに寄った」

彼は林通勝にも他の重臣たちにも何も言わなかった。

「いささか汗くさい。この臭いで母上にお目にかかるのは恥ずかしい。行水をあびさせてくれぬか」

と彼は弟にたのんだ。

行水をすませると信長と信行とは母や妹のいる三の丸におもむいた。

「愛らしくなったの、お市は」

と信長は母の土田御前に挨拶したあと妹に話しかけた。お市と彼とは十三歳も年がちがった。

たしかにお市は兄たちの眼から見てもまぶしいほど美しくなった。もう子供ではなく少女に変りつつあった。

(この妹をどこに嫁がせようか)

信長は妹の顔を直視しながらふっと思った。

戦国の世のなかだから女は刀や槍を持って戦えない。そのかわり調略、同盟の道具になる。味方にとり脅威である国と縁つづきになるためには姉妹たちを嫁がせるにしくはない。

信長ももちろんこの美貌の妹を最大限に利用するつもりだった。

「兄上、こうして母上も兄上もお市も一室にそろうたのは久しぶりでございますな」

戦国の習いで信長や信行にはあまたの異母兄妹がいたが、この三人は共に同じ母から生れた。それだけに信行は幸福に包まれたような顔で兄と妹と母とを見まわした。

「そうであるか」

と信長は大きくうなずき、

「信行ももう成人した。兄の片腕となって戦に加わる時が参った」

「また戦でございますか」

とお市が心配そうにたずねた。彼女は信長のことではなくやさしい信行が矢弾のなかに連れられていくのが不安でならなかったのだ。

「戦は何度もある」

「いつが、終りになるのでございましょう」

「この兄が……天下人になるまでだ。それゆえ信行のこともお市のことも頼みと思うておるぞ」

と信長は弟と妹とに笑ってみせた。

「母上、これにて失礼いたします。林通勝といささか談合もございますゆえ」

ついてくる信行を手で押しとどめ、

「お前はここでお母上の御機嫌をうかがうがよい」

強い足音が廊下の遠くに消えるのを待って、

「何を考えておるのか、わからぬ」

と土田御前がふっと呟いた。

「天下人になるなどと、夢のようなことを申して」

そのあと信長から呼ばれた林通勝は来るべきものが来たと思った。彼は弟の林美作守にこのことを告げた。

「兄者人、よい折じゃ、信長には五十人ほどの供しかおらぬ。袋のなかの鼠も同然」

と弟は肩を怒らせて軽薄なことを言った。

「愚か者」

もし信長を末森城で殺せば、たちまち戦争が始まる。信長と同盟をしている織田孫三郎をはじめ、信長の家来たちを相手に戦わねばならぬ。

「さすれば信行さまにどのような御迷惑がかかるかわからぬのか」

弟を叱りつけて通勝は信長が休息している書院に行った。

「通勝か」

と信長は陽に焼けた顔にふしぎなほど笑いを浮べていたが、それがかえって通勝に警戒心を与えた。

「村木城の御勝利、祝着に存じます。あの折御指図にそむきましたこと……」

「もうよい。あの戦はやがてやらねばならぬ合戦にくらぶれば、童の遊び。気に致すな」

通勝の心底を見透かしたようにずばりと言った。

「だが、今のわれらの力ではとても身動きはできぬ。そうは思わぬか」

「御意(ぎょい)にござります」

「そこでこの尾張を一日も早く切り取り、力をためて今川との合戦に備えねばならぬ。通勝。力を貸してくれ」

通勝は信長が無邪気で言っているのか、罠をかけているのか迷った。

「申すまでもございませぬ。わが林党は信秀さまより御恩顧を受けた家でございます」

信長の名は口にせず、彼の父の信秀の名をわざと出したのはもちろん意図があってのことだった。

「うむ、そこで」

と信長は間髪を入れず、

「その手はじめとして清洲の城を奪いたい」

「は？」

通勝は不審だった。清洲は既に信長の叔父であり、味方の織田孫三郎が手に入れたばかりである。

「わかっておる」

と信長は通勝の不審げな表情に笑顔をむけながら、

「だから申しているのだ。清洲の城をわが居城としたい。那古野の城を叔父上にさしあげるかわり。だがいずれは叔父上にも死んで頂かねばならぬ」

信長は笑いながらこの言葉を言った。さきほど母や弟やお市にむけたのと同じ笑顔だった。

驚きが通勝の背を走った。彼は眼前にいる若者がうっつけ者か、どうかわからなくなってきた。

「孫三郎さまを……」

「そうだ。織田には二人の主人はいらぬ。それを通勝に頼みたい」

林通勝は今まで知らなかった信長の半面を見たような気がした。

(斎藤道三の申した通りかもしれぬ)

斎藤道三とは言うまでもなく隣国、美濃の領主であり、信長の正室・濃姫の父にあたる。

この舅と婿とは三年前の春、濃尾国境に近い富田の清玄寺ではじめて会見をした。信長が帰ったあと、家臣の猪子(いのこ)兵介が、

「何と見申し候ても、たわけにて候」

と信長を嘲った時、道三は苦虫をかみつぶしたような顔で首をふり、

「そのたわけの門外にわが子たち、馬をつなぐべき事、案の内にて候」

と呟いたという。

この有名な話は尾張にも伝えられ、通勝の耳にも入っていた。

当時は、

「山城殿(道三のこと)も耄碌(もうろく)されたか」

と通勝は思った。

だが、今、眼前にいる信長の言葉を聞いていると、何ともいえぬ威圧を感じる。

相手が笑っているだけに何ともいえぬ恐ろしささえおぼえた。

「は」

「もとより、このこと、誰にも洩らすな。柴田勝家にも語ってはならぬ」

「承知致しました」

「首尾のあとは、その那古野城を通勝に委そう」

それから信長は大きく背のびをして、外の陽光をみながら、

「そろそろ陽も落ちはじめた。引きあげねばならぬ」

「ここに今宵、お過しになられませぬか。御母上さまもお悦びになられましょう」

「いや、那古野に戻る。よいか、命が惜しくばやり遂げてみよ」

まるで冗談でも言うようにこの最後の言葉を口に出して信長は立ちあがった。

冗談でも言うように――だが通勝はそれを冗談だとは思わなかった。この青年は通勝が考えていたのとは違った気味悪さを持っている。

「は」

信長は来た時と同じように送りに出た信行や重臣に微笑をみせ、馬にまたがった。

一行が末森城の麓から北方に向うのを見送りながら通勝は、

(あの男が俺を許したのは)

とやっとわかった。

（俺がまだ使えるからだ。使える間に使うためだ。だがあの男はいつか、この俺を殺すだろう）

彼はそっと信行をうかがった。

（この上はどうしても信行さまに一門の棟梁となって頂かねばならぬ。あの信長を追放せねばならぬ）

そのことによってのみ、自分たち一族の命がつながるような気がした。

数日後——

織田孫三郎は彼が占領した清洲城で能役者をよび、能を演じさせていた。

それ久方の神代より　天地開し国のおこり、天にほこのすぐなるや

舞台では「金札」という能がくりひろげられていた。山城の国、伏見の金札の宮を背景にした祝いの能である。

林通勝は孫三郎の傍らに坐って、刻が来るのを待っていた。

その刻とは——

孫三郎を暗殺する時間である。

手筈は整っていた。あとは思いがけぬ邪魔が入らなければよいのである。

この祝いの能がはじまる前、孫三郎と林通勝とはこんな話をした。

「われら織田家に仕える者としては、先代信秀さまの御逝去後、はや三年(みとせ)を数うるにかかわらず、いまだに御棟梁の定まらぬはまこと不本意にございます」

と通勝は残念そうに言った。

「されど、孫三郎さま、清洲をのっ取られたと知り、我ら安心いたしました」

「ほう」

と孫三郎はむしろふしぎな顔をした。

「この清洲の城は尾張守護の斯波義統さまのおられた場所。いわば尾張を治める方の城にございます」

と通勝は相手におもねるように、

「その清洲を坂井一党の手より奪われたお方こそ、織田の御棟梁と存じます」

と声を低くした。

「何を申す」

孫三郎の顔には思わず嬉しげな笑いがこぼれ、

「なき兄者の嫡男、信長がおる」

と言いながら手をふった。

「たしかに」

と通勝はうなずいて、

「だが正直申して、信長さまには尾張守護の御器量はございますまい。まず、まだお若い、戦ぶりは荒々しいが猪突猛進。小さな合戦ならばとも角、大きな戦では如何でありましょうか」

「通勝殿も、そう思われるか」

「合戦とは刀をふり鉄砲をはなつことだけではございませぬ。上にたつ将に人望なければ国人たちは集まりませぬ。信長さまにはこの人望が欠けております」

「人望がか」

「されば我らは信長さまを総領としてお仕えするよりは、孫三郎さまをお立て申したいとかねがね思っておりました」

孫三郎の顔にまた笑いがこぼれ、

「戯(ざれ)ごと申すな」

と言った。

能舞台をみながら通勝はその時の孫三郎の笑顔を思いうかべ、この男に毛ほどの警戒心のないことを感じた。

「金札」のあと「葛城（かずらき）」が演じられる。「葛城」は「葛城天狗」とも言われ、葛城山の山中で夜をあかそうとした山伏一行の前に大天狗があらわれ、脅かされる。だが、たまたま通りかかった行者によって助けられるという話である。

「御身いくばくの法力を得」

謡（うたい）にあわせて孫三郎が膝を指で叩いているのに通勝は気がついた。

「かばかりの慢心を具足し、その妄念はいかならん」

この能が気に入っているらしく、孫三郎は身じろぎもせず、満足そうに見入っている。

突然、荒々しい足音がした。

大天狗の面をつけた能役者がまだ自分の出番でもないのに出現したのである。

客席は瞬間、啞然とし、直後、どっと笑いが起った。

狼狽のあまり大天狗の能役者は方角をまちがえ、客席のほうに走りだした。

はじかれたように客たちは笑っている。

瞬間――

孫三郎と通勝の近くまで来た役者は腰の刀をぬいて、孫三郎の上に覆いかぶさった。

怒号とも呻（うめ）きともつかぬ声が、組みしかれた孫三郎の口から発した。

人々は茫然として、何をするべきかもわからず、この凄惨な光景を凝視していた。

「気が狂うたか」

と林通勝が叫び、大天狗の背に短刀を突きさした。

体をくの字にまげて大天狗は起きあがり、そのまま朽ち木のようにどうと倒れた。

この時、はじめて他の者たちは眼前に起った出来事の意味をさとり、うおーという黒い声をあげた。

「静まれ、静まれ」

と通勝は両手をひろげて孫三郎の家臣たちに怒鳴った。

「医師(くすし)はおらぬか。医師は。別室に早うお運び申すのだ」

舞台の入口から通勝の供の者が走りこんできて彼等の主人の周りに集まった。

「下手人はこの通勝が討ちとったぞ」

通勝は能役者の顔から面をはぎとると、

「見憶えがあるか、この顔は」

誰もが口を開かなかった。清洲城では見憶えのない男が既に口から血の泡をふいてこと切れていた。

「今川方の回し者にちがいない」

通勝は皆にきこえるように断定した。一人としてこれに異論をとなえる者はいなかった。

（孫三郎さま、不慮の御最期）

報が那古野に届いた時、信長は城にはおらず、例によって生駒家に泊っていた。

ついでだが那古野城のあった地点からこの生駒屋敷までは現在でも車で一時間ほどかかる。

信長時代ならば馬を飛ばしてもそれ以上を要したであろう。

にもかかわらず、その距離を信長が飽かず往復したのは、生駒家から美濃の斎藤道三と共に今川義元の情報をえるためだっただろうが、また吉乃によくよく心惹かれていたのだろう。

孫三郎が清洲城内において殺されたという報は那古野から早馬注進の伝令によって届いた。

朝がた近い時刻まで、信長は吉乃と共に寝所にあった。

吉乃の兄の八右衛門が燭を持って寝所の板戸の向うから、

「もし、おそれながら」

火急の知らせありと声をかけた。

先に眼ざめたのは吉乃だった。信長は、

「不粋者が……」

と眠さと不機嫌のまじった顔で起きあがった。

もちろん彼はこの急報が何であるか、聞かなくてもわかっていた。わかっているが、表情にはそれをあらわさない。

「まことか」

と信長は驚いたふうに懐に入れた右手を出した。

「叔父上が……」

「林通勝さまよりの急使でございます」

「叔父上が……」

信長はおなじ言葉を幾度もくりかえした。

茫然自失という風態だった。

たしかに織田孫三郎は信長の一族のなかで信長のために力を貸してくれた叔父である。

昨年から今年にかけて清洲の坂井大膳たちが戦を仕掛けてきた時も、信長はこの叔父と力をあわせて防いだ。村木攻めの場合も孫三郎の手勢が大いに働いている。

信長にとっては最も頼りにできた叔父が無残に能見物の折に殺された——

茫然自失するのも無理はない、と生駒八右衛門も吉乃も思った。

吉乃は眼から溢れる涙を袖でぬぐい、

「何ということ……」

と信長のために泣いた。

「ただちに御帰城なされますか」

八右衛門は下男たちに馬小屋から馬を引きだすことを命じた。

既にこの報はひろい生駒家のすべてに伝わっていて寄宿人たちの泊っている建物まで騒然としている。彼等は帰城する信長を送るために家の前に整列していた。

供のなかに小者の藤吉郎もまじっていた。彼はようやく白みはじめた庭で信長の乗る馬の口をとっていたが、家から出てきた信長が手綱を握った時、かすかな笑いを口にうかべたのを見た。

包囲網

このあたりで、作者はやがて信長と宿命の決戦を行う今川義元にふれねばなるまい。

義元はこの年、三十七歳、信長との年齢の差は十五歳である。

彼は駿河の太守、今川家に生れたが、嫡男ではなかったため現在の静岡県・富士市吉原にあった善得寺の喝食（かつしき）になり承芳という名を持っていた。本来ならば仏僧の一人として一生を送るべきところ、十八歳の折に兄の今川氏輝が死んだため、家督をつぐことになった。

僧から駿河の太守になると義元は北条と武田の二大勢力と和を結んだり、小競り合いをしながら、父や兄が目的とした西方への進出を図った。

だから――

当然、西にある織田勢力と衝突をする。信長の父・信秀とは天文十一年の八月、小豆坂（あずきざか）で有名な「小豆坂合戦」を戦い、引きわけて以来、おたがい国境の砦や切所の松平（後の徳川）のような小豪族を攻略することで対立をつづけていた。

西方攻略は今川家の願望だった。だから彼も信秀が死んだあと、信長がさまざまな行動に出ていることに敏感だった。

「清洲の織田孫三郎が殺害されたとはまことか」

報告を受けた時、義元は即座にこれが信長の陰謀であることを見ぬいた。

「坂井大膳をよべ」

坂井大膳が清洲から追われてこの義元の駿府城に逃げてきたことは既にのべた通りである。

「これは信長が蔭で糸を引いたと思わぬか」

と義元は大膳にたずねた。

「御推察通りに存じます」

と大膳は平伏して答えた。

「これで信長は尾張半国を奪ったか」

地図を小姓に持ってこさせて義元は扇子で信長の勢力範囲をもう一度、検討をした。

「うつけ者を装いながら、油断ならぬ若者よ」

「仰せの通りにございます」

「あるいは、父の信秀よりも侮りがたい敵となるやもしれぬ」

とひとりごとのように呟くと、坂井大膳はおもねるように、

「油断はなりませぬが、殿の御軍勢、ひとたび総力あげて尾張に攻め入れば、とても防ぐことはかないますまい。まず信長の兵は集めに集めて三千から四千にすぎませぬ」

「うむ」

と義元はうなずいた。信長の兵力は彼の動員力の十分の一であろうことは、これまでの偵察で充分、わかっている。

「されど放っておくわけにはいかぬ。早いうち、尾張に攻め入りたい」

「大膳、御軍勢の先陣を賜り、清洲を奪った信長に一泡ふかしてみせたくございます」

大膳にも尾張から追われた恨みを晴らしたい気持がある。

義元のことをおのが力を過信した愚将のように思う人が多い。

だがそれは当っていない。義元は当時の武将たちのなかで武田晴信（信玄）や長尾景虎（上杉謙信）にも劣らぬ戦上手であり、外交の手腕も巧みだった。

既に書いたように仏門の喝食だった頃、彼は善得寺の逸足（いっそく）で後に臨済寺をひらいた雪斎を師とした。臨済寺は今も静岡の賤機山（しずはたやま）のふもとにある美しい禅院である。

義元は武将になってもこの雪斎を自分の智慧袋として外交にあたらせている。雪斎は今川を脅かす関東の北条氏康や武田晴信を一堂に集めて三者同盟を作った。しかも氏康の娘を義元の

子に嫁がせ、氏康の子と晴信の娘とを婚姻させるなど舌をまくような外交術策を使った。

そんな軍師を持った義元だから、もちろん作戦決行に先だって尾張への包囲網を少しずつ作っている。

すなわち尾張との国境線に近い鳴海城と大高城を占領し、更に鳴原城をわがものとし、織田信長の守山城、末森城、清洲城をうかがっていた。

しかも、多くの乱波（忍者）を放って、清洲城における信長の動きをそっと報告させている。

「あの男、恐れるものなきがごとく、わずかな供のみつれて鷹狩りを行い、小折村の生駒と申す商人の女のもとに足しげく通っております」

信長の女通いからおどり好きのことまで義元の耳に入っていた。

「うつけ者か、それともうつけを装うておるのか」

さすがに義元は家臣の何人かのように信長を戦好きだけの青年とは思っていなかった。彼は清洲が信長の手に入ったいきさつの背後にこの男のただならぬ謀計を見てとった。

「信長の寵童であった者に前田又左衛門と申す若者がおりました」

そんな報告まで耳に入ってきた。

前田又左衛門とは後の加賀百万石の前田利家のことである。

この頃は武将が寵童を持つことは決して非難されなかった。むしろ主人の身の回りを世話しながら、昼夜の別なくそばにいる小姓は寵童として仕えたのである。

後になって前田利家は信長に「ひとときも、おんはなれなく御奉公」と往時を回想して語っている。

その又左衛門が十阿弥という同朋衆（どうぼうしゅう）の一人を切り捨てるという事件があった。同朋衆とはこれも殿中の給仕役など雑用をする身分ひくい者たちをいう。

十阿弥が犬千代（又左衛門）の刀の笄（こうがい）を盗んだというのが事件の発端といわれている。笄とは耳をかいたり髪の地肌をかく時、使用するもので脇差しの鞘にさしている。だが、又左衛門と十阿弥とのいずれも信長の寵童であったことがあり、たがいに昔から相手をよく思わぬ気持が根本的にひそんでいたのだろう。

とりなす者があって一度は許したものの、十阿弥は図にのって犬千代を馬鹿にする様子をみせた。怒り心頭に発した又左衛門は清洲城、二の丸櫓の下で待ち伏せこの男を斬った。

ところがこの光景を二の丸櫓から信長が目撃していた。

城内での私闘はかたく禁じられている。その禁を犯したことを知った信長はただちに又左衛門を成敗しようとした。その時、又左衛門のため、弁解をしたのが、たまたま清洲に伺候していた柴田勝家だった。

彼の取りなしで信長は又左衛門の命は助けたがそのかわり追放処分にした。

「惜しげもなく……」

この話は乱波を通して近習の口から今川義元の耳に入った。

「追放か」

義元は首をかしげた。首をかしげたのは理由がある。

兵力の少ない信長には土地の土豪たちはできるだけ味方につけておかねばならない。

前田又左衛門の父は利春（利昌）という海東郡荒子城の城主である。その領地、二千余貫の石高にすぎず、小豪といえば小豪にすぎぬが、その子を追放すれば前田党はいざという時は信長にそむくかもしれぬ。

それを敢えて行った信長は愚かなのか。それとも勇気あるのか、義元には計りかねた。

「その荒子城にひそかに使いを出せ」

と義元はうす笑いを浮かべながら近習に命じた。

「前田党に今川がたに仕えるよう誘うてはどうか。拒めばそれでよし、拒まねばそれだけ信長の力が弱まる」

「御意にございます」

義元の使者は早速、荒子城に飛んだ。そしてひそかに寝返りを奨めたが、

「お断り致す」

ただちに拒絶された。

この一例のように今川義元のほうも来るべき決戦のため、さまざまに手を打っていた。

だが義元がまだ兵を起せぬ大きな理由があった。それは美濃の斎藤道三の存在である。

道三は言うまでもなく信長の岳父になる。彼の娘・濃姫は天文十七年にまだ十五歳の信長に嫁いだ。

戦国時代の姻戚関係ほど頼りないものはない。利害が対立すれば、ただちに敵に変るからだ。しかしその時は慣習として嫁は実家に返されることになっていた。そして嫁もそれを怪しまず、幼い子をつれて夫と別れる場合も多かった。

とはいえ、もし今川が尾張に侵入すれば、斎藤道三がこれをまったく黙視する筈はなかった。現に天文二十三年、村木城をめぐって小競り合いをした時、信長は道三に援兵をたのみ、道三は兵を貸している。

それが義元にとって頭痛の種だった。

ところが――

その義元にとって快報ともいうべきニュースが美濃に放った乱波からもたらされた。

斎藤道三にたいし、事もあろうに長男の新九郎利尚が反乱を起したというのである。

新九郎利尚は普通、義竜という名で史書では呼ばれているから、以後、義竜として話を進めたい。

義竜が反乱を起した背景はその出世や育ちかたにも複雑な事情がからんでいるが、こゝではそれを省略したい。

ただ主要な原因は父の道三が彼よりも弟たちを贔屓にしたためだと「信長公記」などには書いてある。

特に三男の喜平次にたいしては溺愛にひとしかった。「三男、喜平次を一色右兵衛大輔になし、……これによって弟も勝ちにのって傲り、新九郎をないがしろにもて扱い候」と「信長公記」は書いている。

道三は嫡男である義竜ではなく、この三男に跡目を相続させようとしたのであろう。

義竜の父にたいする恨みが遂に爆発をしたのは天文二十四年の十月で、この月の二十三日は年号あらたまって弘治元年となる。

義竜は非常な巨漢だった。身長六尺四寸、胸の厚さ一尺二寸といわれているから、体軀、堂々とした男である。この年、彼は二十九歳だった。

その巨漢が十月の中頃から、

「体の具合よからず」

と言いだし、美濃、稲葉山城で床についた。彼は毎年十一月になると父の道三が寒い稲葉山の城をおりて麓の館に住むことをよく知っていたので、その時を待っていたのである。

道三が城から去ったあとは彼は伯父の長井隼人佐を味方に引きいれて反乱の準備をはじめた。

そして城内に住む二人の弟に、

「病重く、治る見込みがない。よって頼みたいことがある」

と長井隼人佐を使いに出した。

次男の孫四郎、三男の喜平次はこれを疑わず、伯父の隼人佐につれられて義竜の館にやってきた。隼人佐が刀をはずしたので兄弟もそれに倣った。罠にひっかかったのである。

奥座敷に入ると酒肴の饗応をうけた。

二人が盃を手にした時、突然、座敷に抜刀した男が飛びこんできた。

「何者か」

と叫んだ次男の孫四郎がまず切られた。そして立ちあがった喜平次は戦おうとしたが、刀がない。男の刀を胸にうけて倒れた。

刺客の名は日根野弘就。この時、使った刀は作出坊兼常の名刀。

知らせを耳にした道三は激怒して、ただちに軍勢を集め、稲葉山の城下町に火を放った。

親子の骨肉相はむ戦いである。

父の道三が陣をしいたのは稲葉山城から西北一里ぐらいにある鷺山という丘。兵力は二千七百。

これにたいして子の義竜には一万千余の軍勢が集まった。

清洲の織田信長は岳父の急を救うため兵を率いて木曾川をこえ、大尾に陣をかまえたが、信長がどれほど本気で味方しようと考えたかは怪しい。彼はまだ自分の兵力を美濃で失いたくなかった筈である。

道三は二千の兵で義竜の陣に突入した。一陣、二陣は切り崩したが、本軍はびくともせず、列も乱さなかった。

道三は思わず感嘆して、

「軍勢の使いよう、武者くばり、人数の立てよう、残るときなき働きなり」

と舌をまいたという。

弟たちだけを可愛がり、長男の力倆（りきりょう）を見ぬかなかった自分に道三は初めて気づいたのである。

戦が烈しくなった時、義竜方から長井忠左衛門という武士が道三に一騎打ちを挑んできた。

道三の太刀をくぐりぬけて、抱きついた時、もう一人、小牧源太という敵の一人が駆けてきて道三のすねを斬った。この時、道三、六十三歳。

「その折」

と今川義元に道三討ち死にの報告をした近習は次のように物語った。

「道三の首は鼻をそがれて義竜殿の前に運ばれた由にございます。それは道三に抱きつきました長井忠左衛門が後の証拠のために致した次第と聞き及びました」

しかし道三は戦いの前日、既にこの敗死を覚悟していたらしい。

現在、残っている道三の遺書がある。末子の勘九郎にあてたもので、それに依ると、この美濃の国は織田上総介にゆずるより仕方なくなった。お前は都にのぼり、妙覚寺の僧になるがよいと書かれている。

「げにや、捨てだに、この世ははかなきものを、いずくか露の住家なりけん」

と最後にしたためているのは、死を決した心境になったためだろう。

「斎藤道三が死んだか」

義元は何度もこの言葉を嬉しげにくり返した。

（これにて尾張の信長を安心して攻めることができる）

道三を殺した義竜は必ずや信長と対立するにちがいない。

道三は手ごわい相手だが、義竜は愚将であるという気持が義元の心にあった。少なくともあの梟雄、道三ほどの強敵ではない。

「尾張はやがて余のものぞ」

と義元が笑うと、師であり軍師でもある雪斎も、

「御意の通り」

とうなずいた。

（尾張はやがて余のものぞ）

このやがてを義元と雪斎とは一年もしくは二年とふんだ。ただ西上する前にしかと国内を固めておかねばならぬ。

彼は隣国・武田信虎の娘を夫人に迎えたが、夫人の死後、長女を晴信の嫡男・義信のもとに嫁がせて甲斐と固い同盟を結んだ。

更に相州の北条家とも一応、雪斎の外交によって和議を結び、国境線を明確にした。しかし、北条氏康は駿河の今川領を侵犯する態勢をちらちらと見せ、決して油断ならなかった。だから後顧の憂いなく、信長を撃破するために一年もしくは二年はかかると計算をしたのである。

（されば）

と雪斎は扇で掌をゆっくり叩きながら、

「尾張を攪乱しておかねばなりませぬ」

美濃で道三が戦死したことは尾張内の反信長派にとっては謀反を起すに好機となる、と雪斎は義元に言った。

なぜなら信長は舅の道三の睨みのおかげで、かなりの七光を受けているからだ。

しかし、その舅が他界したからには、

「双翼とまでは申しませぬが、片方の翼を失った鷹にひとしく……」

と雪斎は笑ってみせた。

「この際は……攪乱の手をうって御損はありますまいな。つまり信長の家臣に次々と寝がえりをうたせるのでございます」

「うむ」

と義元はうなずき、

「林兄弟を誘うのか」

「さようでございます」

乱波の情報で義元はもちろん信長にたいして末森城で信行を守り育てている林通勝と柴田勝家とが好意を持っていないことは知っていた。

「林兄弟が信長の弟・信行を立てて謀反を起せば蔭ながら今川はこれを助く、と誓詞をお送りなされませ」

「そのような書状ではだまされまい」

「だまされるか、否かは試みてみねばわかりませぬ。お許しあらば、この雪斎、御書状を林兄弟のもとに持参いたします」

雪斎の卓抜した手腕については義元は満幅の信頼をおいていた。

今川家における雪斎は革命直前のロシア王室の怪僧ラスプーチンともいうべき男で、時には僧であり、時には兵を動かす武将でもあった。

義元に異存のある筈はなかった。たとえ、この外交が失敗したところで、もともとなのだ。

弘治二年七月、暑く、蟬の声すさまじいなかを雪斎は僧の姿で尾張に向った。

この怪僧、雪斎についてもう少し書いておこう。さきにものべた通り、雪斎は今川義元が善得寺の喝食だったころ、その養育係と師を兼ねた僧である。本当の名は九英承菊といい、臨済寺内の雪斎に住んだので人々から雪斎とよばれるようになった。

ついでながら記述しておくと、義元を生んだ母の寿桂尼はまれに見る女傑で、夫の氏親が死んだあと、病弱な長男・氏輝の後見役として実際、政務にあたり「駿府の尼御台」とさえ呼ばれたほどである。雪斎はこの寿桂尼からも信任があつかった。

むし暑い七月の暑さのなか、現在の名古屋市にある末森城大手門に雪斎は杖を手にしてあらわれた。

「なに者だ」

と槍を持った足軽から咎(とが)められると、

「臨済寺の雪斎と申す僧にござる。林通勝殿におとりつぎあれ」

と悪びれもせず、堂々と名のった。

知らせを受けた通勝はその折、信行と共に馬を見ていたが、

「雪斎が……」

と絶句して顔色を変えた。

通勝も今川家の内情には通じている。もちろん義元の片腕である雪斎の名は隣国の尾張にも響いていた。

(偽者ではないか)

まず疑いが心に走った。いずれにしろ何かの罠かもしれない。警戒するにしくはなかった。

「お通しせよ」

彼はおなじように驚愕している信行の顔をみつめ、まず雪斎を書院に案内させ、柴田勝家にもこのことを告げさせた。

「お待たせ申した」

汗をかいた衣服を改め、通勝は書院で坐禅をくむように坐っている雪斎に対面をした。

「お名前かねてよりこの林通勝承っておりますが、われらが織田家は先君・信秀の時より今川家とはたびたび弓矢をもって争ってまいった。さればこそ織田の城をおたずねくだされたこと、正

めだった。

「直申して驚いております」

と通勝は笑いをうかべて挨拶した。笑いをうかべたのは内心の緊張と不安とをおしかくすためだった。

「さもあろう」

と雪斎は両手を組んだまま、親愛の情を満面にあらわして微笑した。両者とも笑みをかわして相手の内側を探ろうとしている。

「もとより、単身、敵城とも申す末森城に参ったからには、雪斎死は覚悟、わが話に耳かされる御気持なくば、即刻、この首をはねられよ」

雪斎はそう言いながら眼を廊下のほうに向けた。毛ほどの物音もしないが、通勝が万一に備えて刺客を廊下に待機させていることを知っていた。

通勝は顔を赤らめた。雪斎の視線が何処に向けられているかを知って、

「去れ」

と鋭い声をあげた。途端、廊下から二人ほどの男が立ち去る気配がした。

「御無礼を致した」

「もともと僧でござってな。刀の使いかたなど不得手でござるよ。御安心なされ」

雪斎は微笑したまま通勝をたしなめた。

「さて、拙僧が参りました次第を申しあげよう。御推察のこととは存ずるが、このままでは今川、織田両家は近いうちに力を尽して戦わねばならぬ。僧として考えれば戦を行い、多くの百姓を苦しめ、多くの血を流すこと、仏の道に背くと申さねばなりませぬ。されば、何とか、これを押しとどめ……」

「お待ちあれ」

林通勝は思わず声をあげた。

「では、わが織田家が今川殿に従えと申さるるわけか」

「何を申される、通勝殿」

と雪斎は意外にも首をふって、

「それでは……織田家中の面目が到底たちますまい。今川と織田とは向後、争わず、手を結ぶのでござるよ。ごろうじろ、今川と甲斐の武田殿とは敵味方ではござらぬ。たがいに誓詞をとりかわして盟約を結んでおる」

「………」

「雪斎、ここに参ったるはその盟を結ぶお気持が織田家にあるか、否かを伺いたかったからでござる。だが織田家中には失礼ながら林通勝殿を除いて語るに足る智慧者がおらぬ」

引っかかってはならぬと思い、通勝はわざと苦虫をかみつぶしたような表情を浮べた。

「なあ、通勝殿、両家和睦のため御力をお貸しくだされぬか。お差し支えなくば、今川家の御息女・天羽姫と信行殿との御婚儀なども考えられるではないか」

雪斎の顔から微笑が消え、真剣そのものの顔になった。

「だが……」

と林通勝は相手を押しとどめたが雪斎は首をふって、

「わかっておる。わかっておる通勝殿。かの信長殿がかような話は決して受けつけぬと申されるのであろう」

「………」

そこまでこの僧は承知して話を進めている、と通勝は啞然とした。

「だが御舎弟の信行さまならば……」

と雪斎は声をひくめた。

「信行さまは信長殿のような猪突猛進はなされまい。事の是非をようお考えになるお方と耳にしておる。もし……信行さまさえ御異存なければ、御縁組みも進めたい、更に万が一、尾張を御支配なさる御所存ならば、今川家はお味方申し上げるに吝かではない」

林通勝は敵味方の調略が巧妙に使われた戦国時代に生きた男である。この時代、敵を陥すのに武力ばかり用いたのではなく、開戦にさきだち、敵に加わる者をあるいは利で誘い、あるいは脅して切り崩し工作をすることが多かった。特に豊臣秀吉はその名人だった。

雪斎の誘惑にそのまま乗る通勝ではなかった。

（この男の甘言に引っかかったと見せるか）

通勝は通勝で心のなかで彼なりに考えていた。

（信行さまをたて信長を亡きものにするには……あるいはこれこそ好機かも知れぬ）

「信長さまに……謀反せよと申されるのか」

と彼は怒りを眉に漂わせた。

「さよう」

「それをこの通勝に申すために末森城にこられたか」

「雪斎もとより死を承知して、参った」

眉ひとつ動かさず雪斎は答えた。声に抑揚がなかった。

「御不服ならば、拙僧を斬られよ」

「よし」

通勝は手を叩いた。奥で息をひそませていた侍が抜刀のまま二人あらわれた。

「この坊主の首、はねよ」

雪斎は動じない。坐禅の姿勢で瞑目して死を待っている。侍は大上段に刀をふりかぶった。

「よし。やめよ。去れ」

と通勝はふたたび命じた。そして雪斎の呼吸の乱れを計った。だがそれはまったく平静そのものだった。

「おみごと」

と彼は舌をまいた。

「さすがは雪斎殿。通勝、はじめてお言葉、承る気持になり申した」

「それは……それは……忝ない」

雪斎は悪びれず微笑を頰にうかべた。

「して、たしかに今川家は味方をくださるか」

「たしかに」

「では五百ほどの兵をお借りするやもしれぬ」

「五百か……」

雪斎は通勝の心をよみとって苦笑した。五百以上の今川の兵を借りられれば、たとえ信長を攻めとったとしても「あれは今川のせいよ。今川のお蔭よ」と言われ、しかも今川方の発言力を大きくする。それを林通勝は読みとっているのだ。

(こやつも、相当な男だな)

と雪斎は心中、苦笑した。

「ではこの件について柴田勝家なる者をこの座によび、始めから談合いたしたいが？」

と通勝はここで初めて柴田の名を口にした。信長謀反を林一族単独の行為とさせぬためである。

こうして雪斎が末森城をひそかに訪れてから一ヵ月の後――つまり弘治二年八月。

林通勝とその弟・林美作守通具の兄弟は柴田勝家と共に織田信行を擁して尾張一国に檄を飛ばした。

「兄なれど信長の非道、天に背く、即ち叔父たる織田信光を謀計をもって殺し、清洲城を奪う……」

信光暗殺には林通勝も加わっていたにかかわらず、まったくこれには触れず、逆に全責任を信長一人に負わせた。戦国の習いとしてはあたり前のことである。

織田一門のうち、岩倉城主の織田信安や腹ちがいの兄・信広がこれに呼応した。彼等はいずれも信長の叔父・信光暗殺の真相を知っており、身の危険を感じていたからである。

「兄者と戦うのか」

と林兄弟の話をきいた信行は驚いた声をだした。

「兄上とお戦いになるのではございませぬ。御自分の身を守るために戦を起すのでございます。

信長さまは……御一門衆の御人気が信行さまに集まっておることを御感じになっておられます。されぱいつかはこの城に兵を向けられると存じます」

「信じられぬ」

「あれほどお力を貸された叔父上・信光さまさえ、もはや無用と思えば殺害なされた信長さまでござりますぞ。兄弟とは申せ、決してお心ゆるされてはなりませぬ」

信行は小さい時から林通勝を養育係として育てられてきた。いわば通勝は師でもあり父でもある存在だった。

彼は沈黙した。沈黙したことは同意したにひとしかった。

柴田勝家の場合も、

「信行さま御幼少の折からわれら両人力をあわせて立派に御成長なされるよう心をくだいて見て参ったではないか。信行さまのため、こうせねばならぬのだ」

という通勝の説得に、剛直なこの男は大きくうなずいた。

弟の通具は通勝に、

「清洲の城を不意に夜討ちするのはどうじゃ」

と奇襲を奨めたが、兄から、

「侍たる者、正々堂々と戦わねばならぬ。信行さまにも平生、そうお教えをしている」

と一蹴された。通勝にはそういう一面もあったのである。

そのかわり、彼は信長に正面きって戦いを挑んだ。

すなわち、信長「御台所入りの御知行」——つまり直轄領である篠木(しのき)三郷を占領してしまった。抵抗した代官・中野直左衛門はただちに殺された。

女たち

信行が兄にたいして反乱を起した弘治二年、彼と信長との妹であるお市はちょうど十歳になった。

十歳というと少女になったばかりだが、戦国時代では事情が今とはちがった。政略結婚がそれぞれ大名の子供たちに行われ、十歳の少女でも既に婚期に入ったと思わねばならない。

だが彼女はまだ嫁ぎさきが決っていない。理由はお市の後見者であるべき信長の地位がまだ織田家の棟梁として不安定であり、一族と戦わねばならぬ状態だったからである。

「兄上が清洲の大兄上と戦を？」

その知らせを受けた時、お市は子供ながらに愕然とした。

彼女は侍女の桔梗とすぐ城内の母の部屋に走った。

母は読経をしていた。彼女の腹をいためたわが子がたがいに槍刀をとって戦うのに、彼女にはそれをとめる力がない。ひたすら仏に祈るより仕方がないのだ。

「生きて、この悲しみにあうは前世の因果であろうか」

お市の顔をみると、母は片袖で顔を覆って泣いた。

お市は黙るより仕方なかった。十歳ながら利口な彼女は戦国の女の運命のあわれさを母を通して感じた。

この世はすべて男のものである。女の意志や気持が通ることを許されぬ世界である。自分もやがては兄たちのきめた夫に嫁ぎ、そこで子を生まねばならぬ。もしその夫が織田家と戦うことがあれば、実家に帰されるのが戦国の大名家の習わしだった。

（かなうことなら）

とお市は思った。

（大兄上よりも兄上に勝たせたい）

大兄上とは清洲城をのっ取った信長のことであり、兄上とは信行のことである。

信長とお市とはあまりに年齢もちがったし、育った場所も別々だった。だから兄妹の親しみは一向にない。その上、信長をみるとお市は何ともいえぬ遠慮と恐ろしさを感じた。少女ながら彼女はこの兄の持つ冷たさを見ぬいていた。

それにくらべると信行のほうは色白で美男子で、その上、妹にやさしかった。

だからお市としては、どうしても信行のほうに心が傾く。この戦はやめてほしいが、是非もないことなら信行に勝ってもらいたいのだ。

彼女は母もおなじ気持であることを敏感に察していた。


出陣――

お市は信行の凛々しい出陣の姿を桔梗と共に城の窓から見送った。隊列はそれぞれに紋じるしを染めぬいた旗をたて、騎馬武者を先頭にして一隊、また一隊と大手門を出ていく。まず柴田勝家の軍勢が、それにつづいて信行とその旗本が、後尾を林兄弟の手兵が守り陸続として南にむかっていった。

お市は戦のあと、この軍勢がどのような姿で戻ってくるかを想像した。勝利の悦びを体いっぱいに表しながら槍の穂先に首級をぶらさげて戻るのが、織田一党の凱旋風景である。

だが今度はその敵将の首級とは信長の首である。お市にとって大兄上の首なのだ。

「致しかたございませぬ」

桔梗はお市の質問にそう答えた。

「それが戦の世の常でございます。もし清洲城との戦いに敗れれば、信行さまだけではなく、あるいはお市さまも敵側に殺されるかもしれませぬ」

「敵？　敵とは大兄上さまのことか」

「さようでござります」

桔梗は何のためらいもなく「さようでござります」とはっきりと答えた。

お市は母と共に並んで読経するより方法がない。

十歳の少女には経文の意味をそのまま理解することはできない。

しかしこの世ははかない、無常だということを十歳ながらも彼女はこの時、味わわねばならなかった。経文の言葉によってではなく、彼女自身の体験によってである。

仏の教えはすべての執着を捨てよと言う。人間は欲の塊であり、その欲のためには生きた地獄にのたうちまわる。相続をめぐって兄と弟でありながら殺戮さえ辞さぬのだ。

それをとめる力は戦国の女たちにはない。ただこうしてみ仏にすがるより方法がないのだ。

お市はこれからの自分の行先がどうなるのか、今まで真剣に考えたことはなかった。

「お姫さまはいつか大きな大名のもとに輿入れをなされます。そしてそのお家のためにお世つぎをお生みになるのがお務めでございます」

桔梗はそう教えてくれた。彼女もまた心ひそかに慕っている柴田勝家が無事で戦場から戻ってくるよう神仏に手を合わせていた。

「その大きな大名とはどこのお家であろうか」

「さあ、それは兄上さまや母上さまがやがてお決めくだされます。甲斐の武田かもしれませぬ」

「甲斐?」

「高い山の多い国でございます」

そのような辺鄙(へんぴ)な土地で自分は一生を終えるのか。お市はできることなら都に住みたかった。都には彼女は物語を通して華やかなイメージを持っていた。

一方、信長が弟・信行の謀反を聞いたのは清洲の城ではなく、小折村の生駒家においてだった。

この時、生駒家は悦びにみたされていた。

朝から吉乃が産気づき、昼少し前に大きな元気のいいうぶ声が奥の間ではじけるように聞えたからだ。

書院で信長はその声に微笑した。彼はこの時、二十三歳だったが、二十三歳ではじめて子を得た。

正室の濃姫との間には子ができなかった。だから正室ではない吉乃との間にできたこの赤ん坊によって彼ははじめて父となった。

「若君でございます」

と生駒家の主人・八右衛門が顔を悦びでかがやかせながら知らせてきた。

「男か」

「まこと、祝着至極に存じます。たしかに男のみしるしがございましたぞ」

信長は声をたてて笑った。

「男か」

武家にとって男子の出生ほど悦ばしいものはない。それによって一門、一族の秩序が保たれるからだ。これにたいし女は――お市の場合のように一門繁栄のための道具として使われるにすぎない。

「お名を早速におつけにならねばなりませぬな」

「うむ」

「よき日を選びまして」

この時、生れた子は幼名・奇妙丸、長じて通称、秋田城介――後に信忠といった。信長が本能寺で火炎に包まれて自刃した日、彼も別の場所で明智光秀の勢と戦って死んでいる。生涯を父のために捧げた長男である。

「吉乃は」

「お蔭さまをもちまして御安産にございました」

吉乃は八右衛門の妹だが、その妹に信長の子がついた以上、敬語を使わねばならない。

吉乃の身のまわりの世話は伯母の須古という女性がやっていた。

須古は吉乃が後に病をえて死ぬまでそばにいた女性である。その須古が書院に挨拶にきた。

「祝着至極にございます」

と祝いをのべ、

「若君はつようお泣きになりました。つよう泣く子は丈夫と申します」

「見よう」

と信長は立ちあがった。立ちあがって八右衛門や須古を待たず、もう書院から吉乃の寝ている奥の間に行くため廊下を大股で歩いていた。

奥の間はもちろんのこと、広い台所も召使いや手伝いに駆けつけた女たちでいっぱいだった。湯をわかす者、薪を放りこむ者、笑い声をたてる者、すべてが浮き浮きとして騒がしかった。

その騒がしい女たちが、足音たてて歩いてきた信長を見て、さっと沈黙し、腰をかがめ、頭をさげた。

彼女たちには眼もくれず信長は吉乃の寝ている部屋に入った。

「そのままでよい」

あわてて起きあがろうとする吉乃を片手で制し、白衣に包まれて隣で眠っている小さな肉塊をふしぎそうに見おろし、

「これが……余の子か」

「さようで……ござります」

吉乃は笑いを噛み殺してうなずいた。

「小猿のようであるな」

「お殿さまはただ今からお父上になられたのでございます」

ふむとうなずいて黙ったまま肉塊を見つめ、

「手柄であった」

と吉乃にいたわりの言葉をかけた。

「充分、休むがよい」

「忝(かたじけの)う存じます」

この時、あわただしい足音が廊下から聞えた。八右衛門がこの無礼者を叱りつけるために部屋を出たが、間もなく彼自身も顔色をかえて戻ってきた。

「大旦那さま」

信長はこの頃、生駒家では殿さまとか清洲の大旦那さまと呼ばれていた。

「何ごとか」

「それが……ここでは申しあげられませぬ」

と八右衛門はためらったが、

「かまわぬ、言え」

信長の平生の声は高かったそうである。その高い声にたいし八右衛門は詰ったような低い声で、

「末森城の信行さま……御謀反にございます」

今まで明るかった部屋が突然、重い沈黙に包まれた。

信長の広い額にさっと青い筋が走った。彼が今、どのような衝撃を感じているかがその額を見ただけで部屋の女たちにもわかった。

「清洲に……戻る」

ひとこと、それを言い残して信長は向きを変えた。

赤ん坊が火のついたように泣きだした。

「戦じゃ、御兄弟の」

と八右衛門は誰に言うともなく呟いた。

若君誕生の悦びが一瞬にして一転した。

生駒家の使用人たちはひそひそとこの一大事を伝えあった。

（同じ母御から生れた御兄弟が争うのか）

当主の生駒八右衛門は憮然たる思いだった。

というのはこの生駒家と信長、信行の母の実家、土田家とは縁つづきだったから、彼にはこれを他人事として傍観できなかったのだ。

土田家はもともと土岐氏の被官として美濃の可児(かに)郡土田村を領していたが、土岐氏が衰微して斎藤道三が美濃を支配するようになると、信長の父・織田信秀へ正室として娘を送り、姻戚関係を結んで道三に対抗した。

やがて土田家の血をひく土田弥平次が生駒家の娘・吉乃の夫になる。弥平次は美濃の長井衛(もり)安(やす)と織田一族が戦った折に討ち死にをしたため、未亡人となった吉乃は、小折村の実家に戻った。信長がこの吉乃に手を出したのはもちろん、弥平次戦死後のことである。

いずれにせよ八右衛門は同腹の弟と争わねばならぬ信長を思って気が重かった。

まして信長を愛している吉乃は今まで悦びはしゃいでいた女たちが黙りこみ、なにか家のなかがただならぬ雰囲気になったのを肌で感じて、伯母の須古と兄の八右衛門に、

「何ごとでござりましょうか」

とたずねた。

「案ずるには及ばぬ」

と八右衛門は首をふった。しかし妹は承知せず、幾度も同じ質問をした。

「やむをえぬ。正直に申そう」

八右衛門が仕方なく、事の真実を語ると、吉乃の眼からたちまちにして涙があふれた。

「おそらく、信長さまは一人の手も欲しいであろう」

と八右衛門はただちに使いを近所の親類である前野の家と蜂須賀の家に走らせた。

生駒家は油と灰とを手びろく地方に売る商家である。灰は当時、染料の材料に使った。

前野家はこの灰や油を木曾川まで運搬する馬を提供する馬かたの元締めであり、更に蜂須賀家は人夫たちを差配する博徒の統領だった。ついでながら八右衛門と蜂須賀小六とは血のつながりがある。

「それぞれ人数をくりだして清洲の大旦那さまを助けてはくれぬか」

八右衛門の頼みに前野家も蜂須賀家も男たちをただちに集めた。

断っておくが彼等が信長の手勢に加わったからと言って、家来になったのではない。この連中はまだ兵農の分れぬ時、主人を持たずに、その時その折に合戦にも加わる野武士か農兵と同じだと考えて頂きたい。

だから信長も彼等を傘下に入れても、自分の家臣、家来とは考えていなかった。

こうして八右衛門の頼みに応じ、小折村の前野小次郎、蜂須賀小六たちが人数を集めだした時、第二の知らせが入った。

知らせはこの小折村の代官でもある村瀬作左衛門という信長の家臣からきた。

末森城の兵たち、四、五百人がここから遠くない大留村に火を放ち、信長の直領（御台所）篠木へ乱入しはじめたというのである。

敵の進出は意外に速い。一足さきに清洲に向った信長はそのことを知っているのか。それより清洲までの途中末森城の兵たちに襲われたのではないか。

暗澹とした八右衛門の表情を妹の吉乃はただちに見てとった。

「殿さまは大丈夫だ、案ずるには及ばぬ」

床から半身をもちあげた吉乃をいたわりながら、八右衛門は笑いをつくった。だが大人たちの不安な空気を感じとったのか、赤ん坊がまた泣きはじめた。

実際、誰がみても信長にとっては危機だった。一族のうち、もっとも力を貸してくれた叔父の織田孫三郎を暗殺したことで、信長には末森城実弟・信行のほか味方がいなくなったのだ。だがその信行までが謀反を起したのだ。信長がどれほど孤立したかは女の吉乃にもはっきりわかる。

庭さきで男たちの騒ぐ声がした。馬の鳴き声も聞える。

応援をたのんだ前野小次郎や蜂須賀小六たちが人数や馬をつれて集まってきたのだ。

「雨だ」

雨がふりはじめた。

「敵はな、大留村にも入ってきたぞ。信長さまの御台所を奪うためだ」

「何人の人数を集めた」

「ここは二百ほど」

と小六が大声で叫んだ。

「しかしあと三百はもうすぐやってくる」

計五百人か。しかし五百人と言ってもそれらは人夫と馬方にすぎない。戦いの訓練をつんだ騎馬武者たちにどれだけ戦えるか。

「ただちに柏井のほうに向うてくれ」

柏井郡は敵が今、進入しつつある場所だ。大留村、吉田村、上条村、などの村がある。

（案ずるな、案ずるな）

八右衛門も胴丸(どうまる)を身につけ、槍を持って妹に庭先から声をかけた。

「必ず勝って戻ってくるゆえ、お前は赤子を大事に育てるがよい。大事な殿さまのお子さまじゃ」

吉乃は眼に涙をいっぱいに溜めてうなずいた。

もし信長がこの戦で敗れたら、自分たちはどうなるのであろう。この生れたばかりの赤ん坊もどうなるのであろう。

吉乃はもちろん清洲城に正室・濃姫がいることを承知している。

濃姫は道三が四十二歳の時に生れた。母はあの明智光秀の伯母にあたる小見の方（おみのかた）といわれている。

濃姫のことを「美濃国旧記」には帰蝶という名で呼んでいるが、確証がない。

十四歳の時、彼女は隣国、尾張の織田三郎信長に嫁いだ。もちろん政略結婚である。信長はこの時ひとつ年上の十五歳だった。

吉乃がこの濃姫の存在を気にしなかったと言えば嘘になる。

だが生駒家に通うようになって、信長は土田氏の血を引く母のことや妹・お市を不意に話題にすることはあったが、吉乃の心を慮（おもんぱか）ってか、濃姫のことはまったく話題にしなかった。

だが彼女について、かつて居候の藤吉郎が教えてくれたことがある。

「御体のお弱い方という噂でございます。そのためか、まだ、お殿さまのお子をお生みになりませぬ」

それは吉乃にとって、むしろ嬉しい話だった。藤吉郎は吉乃の機嫌をとるために、わざわざ、女たちの茶飲み話の折にこれに触れたのであろう。彼はそのような才覚がすぐきく男だった。

だから、信長の子をみごもったと知った瞬間、吉乃は、

(濃姫さまに……勝った)

という悦びで胸がいっぱいだった。女としては濃姫の身分には足もとにも寄れない。

しかし、もし胎内の子が男の子ならば、信長の血を引く跡継ぎにさえなる可能性もあるのだ。

産気づいた朝、波のように寄せてくる陣痛に耐えている時、吉乃は、

(男の子にてありまするように)

と神仏に必死で祈りつづけた。

(男子にてありまするよう)

やがて最も強い陣痛のあと、赤ん坊が吉乃の体から離れ、はじけるような烈しい声で泣いた
時、

「男のお子じゃ、男のお子じゃ」

と、そばで伯母の須古が叫んだ。

(勝った)

と吉乃は思った。

これで自分の腹を痛めた子が織田家の跡をとる。信長の寵愛は当然、自分に傾く。その倖せ

を吉乃は全身で感じたのだ。

だが、その幸福の直後、信行謀反の知らせが届いた。

運命はいつ、どう変るか、わからないのだ。

この時刻――

降りはじめた雨に人も馬もしとどに濡れて信長と近習とは清洲に戻った。さいわいなことに重臣(おとな)の河尻秀隆たちが途中まで兵を率いて迎えにきていた。

「強くふけ」

素裸になって信長は二人の小姓に体を強くふかせた。

具足をつけながら彼は馬廻り組の毛利良勝、中川金右衛門の二人から状勢の動きをきいた。

「末森方(信行の勢)のうち、人数五、六百は林美作を大将といたし篠木の御台所に乱入。狼藉(ろうぜき)を働いております」

「わが勢は」

「わが勢は佐久間信盛殿、三百人ほどの人数にて駆けつけ、柏井衆、河口衆などもこれに加わり都合四百ばかりにて、上条の空城にて敵を防いでおります」

信長は具足の紐を締めさせながら、少し考え、

「成政(佐々成政)に申し、百人ほどの味方をさしつかわせ」

と命じ、

「柴田勝家の動きは」

とたずねた。

「柴田殿は稲生縄手に陣取り、この清洲城を窺っております」

「その人数は」

「ただ今のところ、二千有余かと思われます」

信長の眉のあたりが曇った。

敵は思いがけぬ兵力である。ひょっとすると今川方の援兵を受けたのかもしれない。清洲の全兵力を動員すればこれに対抗できぬことはないが、それでは城内が手薄になる。

(その手薄になったところを林通勝が城に攻め入る心算であろう)

信長は林通勝や柴田勝家の戦上手をよく知っていた。それだけに彼等の作戦も予想ができた。

柴田勝家の布陣は罠なのだ。

だが、それだからと言って清洲の城にたてこもることはできない。防御よりも攻撃のほうが信長の性格にあっていた。

(場合によっては、この清洲を見捨てねばならぬ)

信長はちらとそう感じた。その場合はふたたび那古野の城を本拠にする。

「奥は？」

と彼は突然たずねた。奥とは正室の濃姫のことだった。

「は？」

と中川金右衛門が驚いて、

「常のごとく、御床にて御養生にござります」

「そうか」

信長はうなずいた。

信長は具足をつけたまま、正室の住む建物に入った。

侍女たちがあわてて平伏し、一人が濃姫にこのことを急いで知らせに行った。

夫が戦に出る折は正室たる女性はそれなりに出陣を祝う挨拶をするのが習わしだが、濃姫はそれさえできぬほど病んでいた。

しかし、気をきかした侍女が小袖の上に打ち掛けをはおらせた。そして信長の姿がみえた時、濃姫は、

「申しわけ、ございませぬ」

と弱々しい声を出し細い両手をついた。

「思いのほか、気色がよい」

信長はやさしく言った。

「この分ならば、まもなく良うなろう」

しかし、濃姫はそれが慰めにすぎぬことを知っていた。

「しばらく清洲を留守に致すが、充分、養生いたせ」

「信行さま、御謀反。思いがけぬ出来事に御心痛のほど、いかばかりかと」

「戦は男のこと。そなたはただ、養生だけに専念致すがよい」

濃姫は信長のいたわりが優しいだけに、恨めしかった。

彼女は夫の心が自分から離れていることを知っていた。

そして、夫が美濃の国境にほど遠からぬ小折村の女性のもとに通っていることも承知していた。

それを知らせてくれたのは、兄の義竜である。

兄の義竜は父の道三を殺したあと、信長とも対立している。

それは道三が自分の死を予感して、信長に一通の書状を送り届けてきたためである。

その書状に、道三はこう書きしたためた。

「美濃国の地、織田上総介殿に存分に任すべきの条」

この譲状のために信長と義竜との間に確執が続いている。

だから義竜は妹の濃姫にも信長の女性関係を密告してきたのである。

夫と兄との間にはさまれて――濃姫は戦国の女に生れた不幸を嘆かざるをえない。

だが病弱な彼女には夫の愛をかちとる体力がない。

信長の言葉がやさしいだけに、彼女の恨めしさはつのるだけである。

やがて雨の音にまじり、出陣の鬨(とき)の声が聞えた。

兄弟が今からたがいに戦うのである。

しかし濃姫の実家では父と子とが敵味方にわかれて争った。

濃姫には人の心が信じられない。人の心にある業の恐ろしさをたえず見つづけてきた彼女は
そんな世界から一日も早く離れたいと思っていた。

兄弟相剋

烈しい大雨が降りつづいた。

小田井川（現・庄内川）は水かさが増し、信長の家臣・佐久間信盛のたてこもった川の東端、名塚の砦はまるで孤立した島のように見えた。そこは現在の名古屋城の北方にあたる。

八月二十三日。

信盛の兵は四百、これを攻める信行側の軍勢は林美作守通具と柴田勝家を将とする二千有余で、とても正面から太刀うちはできなかった。

信盛はひたすら清洲から信長の応援が駆けつけるのを待っていた。二十三日の夜は暴風雨で、名塚砦にこもる兵たちの不安は更につのった。

朝がやっと訪れた。空が白みはじめた頃、砦から小田井川の対岸を見ると「敵方の幟(のぼり)、旗、林立」（武功夜話）。

その時、数騎の騎馬武者が川を渡って砦に近づいてきた。真ん中の武者は信長の家臣、佐々孫助である。

「御大将はここより二町ばかり下流より川越えなされ候。おくれを取っては末代までの恥辱に候。一刻も早く川越え着陣候え。身ども御案内仕る」

孫助は馬上から大声で叫んだ。

名塚の砦から信長が陣を布いた稲生までは十二、三町。田畑に水あふれ、畔道は臍脛まで浸り、沢土は馬足を埋めて難航、佐久間軍は馬をおりて徒歩立ちとなって、信長の本隊と合流した。

この時、午前十一時。昨夜の豪雨が嘘のように空は晴れたが、そのかわり暑気きびしく、至るところで蟬の声がやかましい。

柴田、林の敵勢は信長より高所に陣取り、六反ほどの竹林を背にして、泥まみれになって前進してくる信長軍に矢と鉄砲をあびせかけてきた。

泥土のため思うように進めず、信長軍は焦りたち、その場に居すくんだ。

ようやく小田井川東北の土手際まで遮二無二たどりついた。

「集まれ。集まれ」

佐々孫助、前野兵衛たちは手をあげ声をあげて足軽たちをこの地点に集合させた。

敵はなぜか、この土手を防御していない。

「ここから押し出せ」

と佐々孫助は足軽たちに前方を指さした。

彼等が烈しい直射日光のもと、十米ほど進んだ時、突然、貝の音が鳴った。

鬨の声をあげて六百名ほどの敵の集団が姿をあらわしたのである。その黒い塊は石のころがるように土手に突っこんできた。味方が立ちなおる暇もなかった。

先頭にたっていた佐々孫助は敵兵数人にかこまれて戦死、前野兵衛も手傷をおった。

「引け、引け」

兵衛は傷口を押えながら足軽たちに退却を命じた。

東方のやぶに陣を布いた信長は退却軍が本陣二丁ほどまで退いてきたのを見て叫んだ。

信長の声は平生も高かったが、怒声を発する時はそのすさまじさに家臣たちが震えあがったという。

たとえば「武功夜話」巻の九に信長が次男の信雄を安土城で叱責した話が報告されている。

信雄は父の信長が荒木村重の伊丹城を攻めた時、摂津への参陣が遅れた。信雄としては伊賀一揆に手こずり遅参したのだが、これが信長の逆鱗にふれたのである。

「御内府侯（信長）言葉を荒々しく、眉逆立て、平伏の三介様（信雄）御折檻なされ候。……

持前の大声、扈従(こじゅう)の長臣衆、顔面蒼白、霹靂(へきれき)の大声、耳をつんざき肝をひやし、頭をあげて仰ぎみる者相なし」

とその光景を記述しているが、実際、怒った時の信長は物すごかったらしい。

退却してくる味方を信長は馬上からこの大声で叱りつけた。

「柴田の鎗先、いかほどやある。末代まで名をあげ、武門の面目を立つるはこの刻ぞ」

信長は馬腹を蹴り三尺五寸の太刀をふりかざして敵陣に向った。続いて馬廻り衆の飯尾定宗、浅野長勝、市橋伝左衛門、堀田久右衛門たちもそのあとを追った。

たちまち小田井川の河岸に人渦がいくつもできた。色とりどりの旗さし物と馬と鎧の男たちの渦が動き、離れ、風車のようにまわった。

信長は戦いは「見切り肝要」と後に語っている。この場合の見切りとは「好機を逃さず」という意である。

今まで泥と雨とのなかを右往左往していた信長勢がこの攻撃で一挙にまとまった。形勢が逆転した。

この時、末森城側の大将、柴田勝家は少し高所に陣を布いて采配していたが、信長と眼があった。

さすがに勝家はこの間までは主家の長男だった信長と視線をあわすに耐えられず、陣屋にか

くれようとすると、

「やよ」

と信長のあの大声がひびいてきた。

「やよ、勝家、汝、いかなる面目あって余に見ゆるや。名を惜しむ武者なれば、早々、鎗あわせよ」

もちろん槍をとっては信長より勝家のほうが上手だったかもしれない。

だが、この時、勝家は「眼を伏せ、そぼそぼと引き退り」（武功夜話）姿をあらわさなかった。

信長たちは南にいる林美作守の手勢に襲いかかった。

黒田半平という信長の家臣が林美作守と切りあい、左の手を打ち落されたが、それでもひるまず戦った。この時、信長自身が槍をもって美作守を突き伏せ、首をとっている。

夕刻、戦闘は終った。昨夜からの暴風雨はやみ、既に西の空は茜色を帯びて拡がっていた。

その茜色の空を背に、戦闘に敗れた柴田勝家たちの軍勢が黙々と退いていった。武者も馬も首をたれ、従う足軽たちの足は力ない。

戦場となった稲生縄手の泥地も踏みつぶされた田畑にも、死屍累々として既に蠅がとびまわっていた。俯せた者。首を切りとられた鎧の武者。腹に槍を突きさしたまま仰むけに倒れている若侍。

蜩(ひぐらし)がまわりの森で鳴いている。死んだ者たちの慟哭のように鳴いている。
「追うな」
と信長は勝ちに誇って柴田勢を追跡しようとする味方を抑えた。朝から夕暮までの長い戦いに兵も馬も疲れ果てていた。
「帰城する」
信長の心中は複雑だった。
事もあろうに弟から戦を挑まれた怒りで胸が煮えたつ思いだったが、末森城をこのまま敵にしつづければ、他の同族たちは弟に味方して敵対してこないとも限らない。
そしてそれに乗じて駿河の今川方や美濃の斎藤側が攻撃を開始してくるかもしれぬのだ。
信長はその後もそうだが、あくまで敵にする場合と途中で和睦する時とを冷静に計算をしている。そういう頭の冴えかたはやはり並々のものではない。
一夜あけて持って帰った首実検を行ってみると、
林美作守（信長）
鎌田助丞（津田左馬允丞）
富田左京進（高畠三右衛門）
山口又次郎（木全六郎三郎）

橋本十蔵（佐久間大学）

角田新五（松浦亀介）　　（　）内は討ち手の名前

「みよ。末森方の主だったる武者が少のうなったぞ」

と信長は周りをみまわし、

「更に懲らしめるべく、末森城の周りを焼きはらい裸城にいたせ」

信長としては末森城とは和睦はしたい。したいがそのためには向うから降伏してくることが条件である。そのために威嚇に威嚇を重ねる戦法をとった。

命をうけて夜、信長の足軽たちが突如、末森城の城下町を襲って、火矢をかけた。

足軽木下藤吉郎もそれに加わった一人だった。彼は今度の稲生縄手の戦で、

（なるほど、戦とはこのようにするのか）

押されていた味方の士気をたちまち攻勢に転じさせた信長の差配からいろいろな事を学んだ。

（戦とはまず気合いだ）

彼は火矢を放ち、農家の藁屋根に炎があがるのをみた。藁屋根の炎はまわりに風を起し、次々に飛び移った。犬が吠え、人々が家を出て走り出してきた。

藤吉郎のような男は何かをしながら絶えず頭を働かせている。

この場合も、

（末森側はどう出るであろう）

自分の身を敵側において想像をめぐらせた。

多くの兵と武者とを失っただけでなく、弟の林美作守通具まで戦死させて、林通勝には降伏するか、あくまで戦うかの二つに一つしか道はない。

（だが弟を失った恨みで、もう一度、戦ってくるであろう。その折は隣国、今川に応援を頼むにちがいない）

藤吉郎はそう思った。

藤吉郎の予感は半ば当り、半ばはずれていた。

林通勝はこの時、戦いの日の暴風雨を恨んでいた。あの暴風雨さえなければ、かねて約束を通したように今川の軍勢は大高、鳴海の方面を撹乱して、信長に両面作戦を強いるつもりだったのだ。

ただでさえ少ない信長の兵力はそれによって二分される。だが彼が全力あげて柴田勢と戦えたのは今川方が暴風雨のため動けなかったためである。

（天はこのたび、我に味方しなかった。だがこの次は……）

この次は、と林通勝は信長に首を取られた弟のためにも心のなかで誓った。

しかし、弟はじめ有力な騎馬武者を失った通勝としてはしばらくは兵力のたて直しを図るより仕方がない。

「信行さま、通勝一代の不覚にございました。だが信行さまを織田家の棟梁にいただきます気持は一向に変りませぬ。ここは一応、清洲にわび言を申されませ」

「わび言を？」

信行は温和しい性格だったが、この時はその白い顔に不満をありありとうかべた。

彼としては兄と戦うには大きな決心がいった。正直いえば兄を蹴落すよりは、兄のよき助力者となりたかったのである。

それを林通勝と柴田勝家のたっての奨めで兵を出すことに同意したのだ。今になってわび言を言うのは彼の心を傷つける。

「兄者はあのような御性質だ。お許しにはなるまい」

「いえ」

と林通勝は笑いを頰にうかべて首をふった。

「信長さまは四方に敵を持っておられます。一兵でも味方にほしいのが御本心でございましょう。信行さまさえ以後、忠誠を誓うと申さば、飛びつく思いで受け入れられましょうぞ。更にお袋さまに御とりなしをお願いなされませ」

さすが林通勝は信長の弱みを見ぬいていた。

弟の信行のみならず、末森城に住んでいる母からも「詫び」の態度を示されると、信長は退けることができなかった。

第一、弟、林通勝、柴田勝家は尾張統一のためにも大事な支柱である。彼等に属する兵も咽喉から手が出るほど欲しい。

詫びは受け入れられた。

「信長公記」によると信行の母と信行、柴田勝家、津々木蔵人たちは墨染めの衣を着て清洲に向ったという。

墨染めの衣を着たのは信長の指図に他意なく服従する意志を示したのであろう。

「参られたのか、お母上までも」

信長は知らせを聞くと、笑みをうかべて迎えに出た。

そして駕籠からおりた小ぶりの年寄りの手をとって、

「よう参られました。よう参られました」

と城内に案内し、

「お疲れでありましたろう、しばらく休息なされませ」

といたわった。

しかし広間に正坐した信行、勝家、蔵人たちの前に姿をあらわすと、

「慮外者めが」

さきほどの寛容な表情を捨て、鋭い眼で三人を睨みつけた。そして家臣たちが縮みあがった
という例の高音で、

「亡き父上のためにも兄弟、手をとって織田の名をあぐるべき時、かかる無思慮な策を企てたるは勝家か、蔵人か、通勝か」

と叱責をした。だが間もなくその声を和らげ、

「勘十郎（信行）、この後は心を改め、織田一門すべてに力を尽せ」

とさとした。平伏した信行が不心得を詫びると、

「もうよい。これにて稲生のことは水の如く流れ申した」

と笑ってみせた。

酒宴がはじまった。

信長は最も大切な客を饗応する時、そうするのが当時の習慣だったが、自ら膳を持って信行や末森城側の重臣の前に運んだ。

「吹く風は樹々の枝をならさず……」

と彼は信行に言った。

「お市は達者か」

「達者にございます。既に十歳になり、愛らしくなりました」

と信行も微笑して答えた。二人が話しあっている姿は仲のよい兄弟そのものだった。ついこの間、たがいに弓を引きあった間柄とはとても思えなかった。

だが津々木蔵人はその光景をみて、心のなかで、

（そうは、させぬぞ）

と彼自身に言いきかせていた。

津々木蔵人は信行の家臣だが、学友と言ったほうがよいかもしれぬ。信行が弓、馬から、兵法や書を学ぶ時、その御相手をする役目を仰せつかってきた。

だから末森城のなかでは剛毅な柴田勝家よりはこの蔵人のほうが若い者たちから慕われている。それだけにこの男には信行への肩入れが強く、信行を織田家の棟梁とすることで出世したい気持がある。

夕暮、詫びを聴き入れられた信行たちは末森城に戻った。

「御無事で……」

と林通勝は大手門まで迎えに出た。彼はもし信行に万が一のことがあれば、兵のすべてを率いて信長と戦う覚悟だった。

「いやいや、御重臣さまのお考えの通りでござった。清洲のお方は我らを敵にまわせば大損と思うてか」

と津々木蔵人はまるで自分の手柄でもあるかのように信長が和解を悦んで受け入れたことを嘲笑するようにしゃべった。

「静かにいたせ」

通勝はひくい声で蔵人をたしなめ柴田勝家に、

「詳しく、うかがおう」

と言った。

実は柴田勝家は稲生縄手での信長の戦ぶりに衝撃を受けていた。

あの戦いはどう見ても信長の負けだった。末森城側の兵力は信長よりもはるかに多く、戦場における地の利も有利だった。そしてあちこちに伏兵をおき、雨と泥とに前進を阻まれた信長軍を不意に攻撃することも可能だった。

勝つべき戦を大敗してしまった――

その屈辱感に柴田勝家が剛毅で真面目な男だけに余計にこたえたのである。

(信長さまにはふしぎな御運がある)

今日、信長の前で平伏してその高い叱声をきいた時、彼の心には信長の持つ力を恐れる気持が起った。

「本日、格別の御慈悲をえたこと、徒おろそかに思うてはならぬと存じまする」

と勝家は神妙に答えた。

「それが信行さまのおためにも一番」

「勝家殿らしからぬ。お気が弱くなられたか」

と津々木蔵人はびっくりしたように口をはさんだ。

「あの雨風さえなければ、戦は勝っておりましたぞ」

「いや、そうではない」

と勝家は首をふった。

「雨風がなくても我らは負けておった。信長さまの持つ御運の強さには刃向えぬ」

一方、清洲では——

弟との和解はそれまで張りつめてきた信長の心を緩ませた。

「祝着至極に存じます」

と末森城との和睦を祝う側近に、

「うむ」

久しぶりに微笑さえみせて、

「百姓たちにも公役、軍役を命じすぎた。踊りを興行してなごませてやるがよい」

と命じた。

信長は意外と多趣味な男で、後には茶事や碁にも手を出したが、若い頃は角力(すもう)、鷹狩りのほかに踊りや鼓、舞いにも熱中している。

特に踊りは若年から好きで、今でいえば盛り場のディスコで遊びあかす青年に似たところがあった。「信長公記」にはこの時、行った興行には家臣たちが赤鬼、黒鬼、餓鬼、地蔵、弁慶、鷺の役をやったと記されている。そして信長自身も夫人の衣裳をまとい、鼓をうち、女おどりをしたと報告している。

それも一ヵ所ではない。

清洲ではもちろん行ったし、勝幡城に近い津島村でも興行をしている。ここの土豪、堀田道空邸の庭を使って、老若男女、年齢をとわずに参加をゆるした。

そこで津島五ヵ村の年寄りたちが返礼の踊り興行を行いたいと申し出ると信長は大変に悦び、彼等を城内で踊らせ、

「ひょうげた踊りだ」

とか、

「似おうておるぞ」

と一人一人に言葉をかけ、汗をかいている彼等に自ら団扇(うちわ)であおいだり、茶を与えている。

信長は時折、百姓たちにこういう優しさや親しみを見せる時がある。

彼は信行を擁立する派に対抗して領内の農民たちから慕われる必要性を考えたにちがいない。

踊り興行は彼自身の趣味でもあったが、百姓たちを懐柔する手段でもあった。

一方では月あかりのなかで老若男女にまじって踊る信長の姿がある。

他方には人知れず坐禅をくみ、死を覚悟しようとする信長の姿もある。

そういう信長のさまざまな姿を密偵の報告によって二人の男がすべて探知していた。

その二人とは駿河の今川義元と美濃の斎藤義竜である。

今川義元は尾張進攻の準備が八分通り整っていた。

だから、信長が踊りに夜をあかしていることを密偵たちの報告から聞くと、

「信長の心計りがたし」

と首をひねったが、

「おそらく、我らをあざむくつもりでもあろう」

と笑った。

やがて信長と宿命の対決をせねばならぬ今川義元のこともしばらく語りたい。

今川氏は駿河の名門である。尾張の守護の被官にすぎなかった信長の祖先とちがい、今川氏

は鎌倉時代から源頼朝に帰属し、北条氏とも代々、婚姻をむすび、長い期間駿河、三河の守護職として栄えた名門である。

だが、その名門も今川義元の曾祖父・今川範忠の頃から地盤のもろさが現れ、祖父の義忠などは遠江の国人のクーデターにあい、不慮の死をとげているし、父の氏親も一族の小鹿範光の力に圧されて十一年間も駿府に入れなかったぐらいである。

しかし——

この義元の父・氏親は伊豆の北条早雲と手をくんで今川家の興隆のために大いに働いた。駿河だけでなく、遠江までが今川家の完全支配になり、三河や尾張の一部までその勢力圏内に入ったのは彼のお蔭だといってよい。

尾張の一部が勢力圏内に入った時から、当然、織田家との軋轢(あつれき)がはじまった。

織田信長の生れた那古野城もこの両者の争奪の場所になったのである。

那古野城は今川氏親が西の最前線として大永二年に築いた城で、柳之丸とも言う。場所は現在の名古屋城の二の丸の地にあたる。

城主の今川氏豊は氏親の末子で義元の弟であり、当時義元は既にのべたように仏門に入って僧を志していた。

氏豊は信長の父織田信秀と連歌を通じて知りあった。そして信秀の勝幡城に使いを送っては連歌の付句をかわしていた。

戦国時代だというのにのんびりした話だが、それだけ信秀は狡猾であり、一方、今川氏豊は警戒心がなかったと言ってよい。

氏豊は信秀を次第に信用するようになった。この男がいつか寝首をかく恐ろしい人物だとは考えないようになった。

享禄四年の秋――

台風のため小田井川が溢れ、氏豊の歌を運ぶ使いは扇箱を川に落してしまった。

氏豊は思案の末、

「かかる事、二度あるまじく、さらば那古野城中にお出であって、心静かに連歌を楽しまれては如何か」

と手紙を送った。

信秀はこの誘いに応じた。

いや、応じたふりをして那古野城の乗っとりを策したのである。

僅かな供まわりをつれて彼は嬉しげに那古野城を訪れ、十日間も滞在して連歌、茶を楽しんだ。

供まわりの数を少なくしたのは、言うまでもなく今川方に警戒心を起させぬためである。

これによって、氏豊はますます信秀を信用した。信秀が牙をむいたのはその翌年の三月のことだった。

正直いって、この氏豊の人の好さには親子兄弟が血を血で洗った戦国時代だけに驚く。信秀も相手のあまりの善良さには苦笑したであろう。しかし苦笑はしたが、これを利用することは忘れなかった。

三月、何度目かの友好訪問の折、氏豊の家人たちは信秀の宿舎の壁に大きな矢狭間（窓）が作られているのを発見した。もちろん、今川家に断りなしにである。

「これは、無礼な」

家人たちは驚いてこれを氏豊に訴えた。

「その矢狭間は本丸側に開いております」

すると氏豊はさすがに眉をひそめたが、首をふって、

「信秀殿にかぎり別心あるはずなし。これは庭をうち眺めんがための風流のお心であろう」

と自分自身に言いきかせるように言った。

氏豊としては自分以外に心を許さぬ戦国時代が辛かったのであろう。彼は連歌を通して信秀を心の友と信じた。その心の友を信じきろうと決心したにちがいない。

だが、翌日から信秀が急に病気になった。氏豊が見舞いに行くと、

「情けなき次第でござるよ」

と床の上に上半身を持ちあげ、しおれた表情をみせ、

「あと二、三日にて本復いたしましょう。御迷惑とは存ずるが、それまで逗留をお許し願えぬか」

と神妙に頼んだりするのだった。

「何を申さるる」

と人の好い氏豊は充分に養生して帰城することを奨めた。

三月十日——

主人が病気というので、信秀の家臣たちがあまた見舞いに那古野城を訪れた。今川氏豊としてはこれを拒むことはできぬ。信秀の家来たちはいずれも沈痛な面持をして病床につめかけている。

その真夜中——

那古野城の城下町、今市場から突然、火があがった。

その夜は南風だったため、火はたちまち拡がった。

その炎のなかをかくれていた信秀の手の者たちが攻め寄せてきた。信秀自身を見舞いにきた家臣も本丸に攻撃してきた。

氏豊は降参して命だけは助けられた。信秀も「あまりに好人物な」この男を殺す気にはなれなかったのであろう。

面目を失った氏豊は駿河に帰ろうにも帰れずに、京都に隠居した。

しかし、そのほうがこの人物にとっては幸福だったかもしれぬ。

義元の野望

この滑稽ともいうべきお人好し、氏豊のすぐ上の兄が今川義元である。

義元には兄弟が庶子もいれると五人もいて、長男の氏輝が家督をつぐと、次男の彦五郎と末っ子の氏豊を除いて他は仏門に入った。

たとえば泉奘（せんしょう）という息子は、後に京都の泉涌寺（せんにゅうじ）の六十九世、奈良唐招提寺の五十七世にまでなった名僧である。

義元の場合も、幼い時から善得寺に入って修行することになった。

そして今川家の家督は十四歳になったばかりの長兄の五郎氏輝がつぐことになった。

まだ十四歳の少年であるから、父の氏親のようなはなばなしい活動ができる筈はない。

そこで後見人として生母の寿桂尼があたることになった。

寿桂尼は京都の公卿（くぎょう）の娘だったが、夫にかわって今川の領国を経営し、きちんと政務を行ったのみならず、隣国の相模の大名・北条氏綱との友好関係も深めた。そのため富士川の東で蠢動していた国人たち——たとえば葛山氏までが今川方に服属するようになっている。

母に補佐されて、前途洋々の今川氏輝に最初のピンチが起ったのは家督相続後九年目の天文四年六月である。

駿河と甲斐との国境の万沢口で、今川軍と武田軍との衝突が起った。当時、武田は信玄の時代ではなく、信玄の父・信虎が主人だったが、八月にこの万沢口で大激戦を行った。

この時は両者四つにくんだまま、それ以上は深いりせず兵を引きあげていったが、戦いを仕掛けたのは明らかに今川氏輝とその母・寿桂尼だった。

（まずい）

善得寺で氏輝の弟である方菊丸（義元の幼名）の教育にあたっていた僧・雪斎は深い溜息をついた。

雪斎は京都の東山できびしい修行を行い、学を修めた。その俊才ぶりはそれを知った義元の父・氏親が三顧の礼をもって我が子の養育係、補佐役に迎えたほどである。

雪斎はまだ幼い義元をつれて寺で修行を続け、やがて駿河・富士郡の善得寺に戻った。

この師には野望があった。たんに仏道を修めて、しかるべき寺の高僧になることで満足できぬものが心の奥にひそんでいた。

（さらば、わが弟子・義元こそ今川家の総領たるべし）

弟子を愛したためか、それとも彼自身の野望のためか、雪斎はひそかに義元を今川家の総帥にすることを狙った。

（まずい）

と雪斎が思ったのは、まだ義元の兄——氏輝が一人前でもないのに兵を出して甲斐を攻めるのは危険だと考えたからである。

彼は甲斐の武田信虎が老獪な人物であることを知っていた。だから年若い氏輝やその母の寿桂尼などが真っ正面からぶつかれば敗れる可能性がつよい。

その不安と彼自身の野望とが重なって、

「甲斐を敵にまわして戦うより、味方に致すほうが宜しゅうござります」

と氏輝に言上した。

氏輝としても甲斐の南下を恐れていたから、

「相模の氏綱公さえよければ」

と条件をつけた。

というのは相模を支配する北条氏綱と今川家とは同盟の約束をしていたからである。

「拙僧を甲斐におやりください」

と雪斎は不敵なことを言った。彼は外交術こそ最も優れた戦法だと考えていた。

雪斎が出した条件は武田信虎の娘と今川義元とを結婚させる婚姻同盟だった。

この条件を引っさげて雪斎は供もつれず天文四年の冬、甲斐にのぼった。

甲斐の山々は雪をかむって白かった。信虎の住む府中も一面に雪に覆われていた。

「武田が海のみえる土地を欲しがるのは無理もない」

と雪斎はそれらの山々を見まわしながら、白い息を吐いた。

「なに、今川よりの使者」

供もつれぬ僧をみとがめた信虎の家来ははじめは怪しんだが、その秀才のような容貌に圧倒されて城館に通した。

「御息女を氏輝殿の御弟君・義元公にお与えくだされませ」

と単刀直入に雪斎は申しいれた。

「更に」

相手の眼を見つめながら、

「義元公を駿河の太守になられるよう、お力お貸し頂けませぬか」

列座していた信虎の重臣たちは思わず息をのんだ。

これほど大胆に、これほど率直に敵の陣営で謀反を口にした者はなかった。それも僧侶のくせにである。

「どういう意味じゃ」

と信虎は好奇心にみちた、相手をからかうような眼つきをした。

「義元公が太守になられれば、お屋形さまは駿河太守の岳父になられます」

つまり駿河も甲斐の勢力圏になる可能性を示唆したのである。

「うむ」

信虎はとぼけた顔をしたが、そのくせこの話、真実ならば悪くない、と思った。

雪斎は談合を終えると、来た時と同じように一人で府中を去った。吐く息は白く、背後には白雪に覆われた山々が拡がっていた。

甲斐府中の武田館を訪れた人は広大な敷地に今もなお土塁や濠の残っているのに気づかれるだろう。信虎時代の府中は今より規模が小さかったと思えるが、ここにうごめいていた人間たちの姿を彷彿（ほうふつ）とさせる。

雪斎は駿河に戻り、

「御安心めされませ」

と今川氏輝とその母・寿桂尼とに報告をした。

「信虎殿は御息女と今川家との御婚儀をいたく悦ばれました。これにて東の北条、北の甲斐とも和睦の儀、相なりましてございます」

氏輝はこの言葉をきくと顔を赧らめた。

寿桂尼はさすがに首を少し傾げて、

「あまりにやすやすと受け入れたところが怪しいと思わぬか」

と疑いの質問を忘れなかった。

「武田信虎は実は嫡男の晴信との間に多少の相剋があり、あの男にはあの男なりの弱みがございます。おそらく当家との和睦に応じましたのも国内の争乱を未然に防ぐためかと存じます」

秀才の雪斎はどんな質問にも明快に答える用意があった。それは氏輝にも寿桂尼にも頼もしさを起させた。

「では、これにてお暇を。いずれ武田より御婚儀うち合わせの使いが参りますゆえ」

と言い残して僧は引きあげた。

その言葉通り天文五年、三月十五日に甲斐の武田信虎よりの使節が駿府にあらわれた。

岡谷六右衛門と名のる使節は数々の贈りものを供に運ばせて、大いに氏輝や寿桂尼の機嫌をとった。

列席者には雪斎につれられた方菊丸(仏名・承芳、義元)や、また彼の兄である次男の彦五郎もいた。

能が催され、酒宴が開かれ、翌日は蹴毬、連歌の会が催された。そういうことが当時の武将の館では行われていたのであり、地方武将の館にも京都公卿の文化が浸透していたことがよくわかる。

晩春の宴が終って武田家の使者たちは厚く礼の言葉を言上して駿府を引きあげた。

それから二日後の三月十七日――

夜半、突然、今川家の当主・氏輝が頭痛で苦しんだ。

あわてて医師がよばれて脈をみた後、薬を投薬した。しかし頭痛、吐き気はますます重くなり、朝がた死亡した。

ところが、ふしぎなことに同じ夜に氏輝のすぐ下の弟・彦五郎がやはり高熱を発してうなされながら息たえた。

あまりの偶然の一致。同時に起った死。人々はそこに奇怪で不吉な暗殺をみた。もちろん犯行の相手は武田側の使者と思った。

しかしそれには確証がない。武田の使者をよんだ雪斎は謹慎して責任をとった。

嫡子と次男とが同時に死んだ今川家では仏門に入っていた庶子の恵探と五男義元との二人が相続人候補となった。

恵探の本名はよくわからない。彼は氏親と側室の福島氏の女との間に生れているから、正当な相続権では義元に劣っている。

彼は駿河焼津にちかい照光寺の住持だったが、義元より年上だった。

一方、義元はこの時、雪斎に師事した喝食であり、修行中の身だった。

「やむをえぬことでございます」

と雪斎は義元に二人の兄の死を教えて、顔色ひとつ変えず、

「仏の道を捨てて武辺の道にお入りなされよ。今川家の屋形となられるのでござりますぞ」

そう奨めて合掌した。

「みどもに、なれるか」

と義元は胸の中の悦びをかくし切れず、たずねた。

「お心ひとつでおなりになれます」

「雪斎は助けてくれるか」

「雪斎がおらずとも、おできになれます」

しかし雪斎はその後、義元の片腕として外交に軍事に活躍するようになる。

「何をなせばよいのか」

「まず第一になさることは、御庶兄の恵探さまをお討ちになることでございます。禍根は未然に防がねばなりませぬ」

雪斎はまるでそれが自然であるかのように進言した。この時も顔色ひとつ変えなかった。

相続人と一門一族が認めた半ヵ月後に、義元は仏門から武門に転向した第一歩として戦を起した。

相手は自分とあと目を争った庶兄の恵探である。

恵探は祖父の家、福島氏の兵を集めて焼津にちかい花倉城にたてこもった。

今川一門は福島氏の勢力が強まることを恐れて義元側に馳せ参じた。

大軍に攻めたてられて花倉城はあっけないほどの早さで落城した。

恵探は炎上する城から僅かな供をつれて脱出し、山を越えて瀬戸谷に逃れた。

瀬戸谷に普門寺という寺がある。

追手の追及はきびしく、たちまちにして寺は囲まれた。

「この上は御自害めされ」

と祖父になる福島左衛門が促した。恵探は自らの命を絶った。

花倉の戦いといわれる義元の最初の戦争は、よって彼を名実ともに今川家の当主と駿河の国守にさせた。

翌年、雪斎の努力がみのり、義元は武田信虎の娘と婚儀を行った。天文六年、二月六日のことである。

この年、織田信長はまだ四歳、後の宿敵の存在をまったく知らなかった。

今川義元が腹ちがいとはいえ、血のつながった兄を自刃させたような行為は戦国時代には決して珍しいことではない。

既に語ったように、織田信長も叔父や弟の信行と戦っている。そしてその信長の子供たちもやがて対立し、争い、相手を殺しているのである。

美濃の斎藤道三もまた然り。彼は長男・義竜の謀反をうけ、親子が戦端をひらき、道三は討ち死にをした。

だから——

この時代は親子、兄弟といえども決して心を許すことができなかった。血縁関係は非常に重んぜられたが、同時に血縁ゆえに醜い争いも行われたのである。

甲斐の武田信虎の場合はどうだったか。

義元が信虎の娘と結婚したのは天文六年である。

その四年後の天文十年の六月——

この信虎が不意に駿府を訪れた。今川家に嫁いだ娘はこの時、二十五歳で「定恵院さま」とよばれていたが、その定恵院と久しぶりに対面するのが名目だった。

しかし本当の事情は今もってよくわからない。

というのはその直後、信虎の嫡男・晴信（信玄）が突如、謀反を起した。謀反は周到な準備をもって行われ、多くの家臣がこれに気づかなかった。晴信は兵を河内路（駿府に通ずる街道）に出して信虎の帰還を封じたのである。

信虎と晴信とに仕えた駒井政武の「高白斎記」には次のように書かれている。

「六月十四日、信虎公、甲府をお立ち、駿府へ御越、今年に至るも、御帰国なく候」

そして晴信は父につき従った武士の家族をことごとく人質として捕えた。そのため彼等は信虎を見すてて甲斐に逃げ帰った。

一説には信虎がたびたびの戦いを行い、暴政を布いたために領民に恨まれ、家臣団からも離反されて、やむをえず駿府に逃げたというが、これは晴信側の宣伝でもあろう。

更に信虎が今川領内を偵察するため、スパイとなって駿府に来たという珍妙な話もあるが、ありえぬことだ。

「我らにとっては」

と雪斎はむしろ晴れやかな表情で義元に言った。

「これはむしろ有難き話でございます」

「有難いこと？」

「信虎公は領内にて既に人気を失うております。されば信虎公と和睦の儀を図りましたこともその重臣たちが承服致さねば何の甲斐もありませぬ。この際、信虎公を見限って、改めて晴信殿と談合を致すが上策と思いますが」

雪斎はさすがに禅僧だけあって、いかなる事態も逆利用することを考えている。

そして彼は義元の承認をえて老臣岡部美濃守と甲府にふたたび赴いた。

甲府に赴いた二人は、武田側と今後の信虎の待遇や処置について協議した。武田側は信虎の身のまわりを世話する侍女たちを送ること、生活費を出すことを同意した。

しかし――

雪斎の狙いはそんな些細なことではなかった。

甲斐のあたらしい当主、武田晴信がいかなる人物かをわが眼でしかと確かめることだった。

雪斎の鋭い眼力は晴信を一眼見ただけで、

（ただ者ではない）

と電光に打たれたように感じた。

晴信も晴信でかねて名を聞いていた雪斎の炯々(けいけい)たる眼の光に、

（さすがの僧よ）

と見てとった。

二人がたがいに相手を畏怖する気持があったから、甲斐と駿河との同盟は改めて確認された。雪斎にとっても今川義元にとっても、何よりも恐ろしいのは甲斐の大軍が南下してくることだった。

その心配が再度のこの確認によって消えたのである。

「信虎公のこと、決して御心配なく」

と雪斎は低いが力の入った声で約束した。

「忝(かたじけ)ない。こたびの出来事も、やむをえぬ次第なれば御了察ありたい」

と晴信は短く説明をした。

この前に来た甲斐の山々は白く雪をかむっていたが、今は夏の緑に包まれ、小鳥たちの鳴き声がすがすがしい。

その小鳥の声をききながら、雪斎と岡部美濃守とは甲府から駿府に戻った。

「向後(こうご)は、心やすらかに三河、尾張に攻め入ることができます」

と雪斎は晴れやかに義元に説明した。

「うむ」

と義元はうなずいた。

寺の喝食から武将となって五年、義元にも既に太守としての貫禄ができていた。名門の生れの鷹揚さもそれに備わった。

「だが」

と彼は首を少しかしげた。

「甲斐と盟約を結んだゆえ、北条氏綱を怒らせた。北条をどう扱う」

「御心配めさるな。雪斎、この儀については、晴信殿ともしかと談合をして参りました」

雪斎の自信ありげな表情をみて、義元は安心をした。いや、彼は雪斎がそばにいる限り太守としての自分の地位に自信を持つことができた。

雪斎は最初から覚悟の上で武田信虎と手を結んだのである。それを決行しなければ弟子である義元が駿河の覇権を握れないことはよく承知していた。

四年前に武田信虎と義元とが、婚儀を通して同盟を結んだと知った相模の北条氏綱は激怒した。

(われらに談合なく、甲斐に通ずるとは何事か)

使者がただちに駿河に飛んできた。

今川家と相模の北条家とは義元の父の氏親と氏綱の父の早雲時代から叔父、甥の関係にあるだけでなく、軍事的にも固い同盟を結んでいた。

それだけに義元が武田信虎と進んで手を握ったことは、北条氏綱にとって腹にすえかねるものがあったのである。

「その婚儀、おとりやめ願いたい」

使者の言上はその一行につきた。

「御懸念、御無用かと存ずる。これはむしろ武田信虎をして西に力を注がしむる策でござる」

と雪斎は使者に地図をひろげて弁明をした。

つまり――

甲斐と駿河とが同盟すれば、武田信虎の目標は南ではなく北の北陸や西の美濃に向う。だからそれは相模の北条氏にとっても結構な話ではないかというのである。

雪斎の弁明はいかにも理にかなっているようだが、戦国時代の血なまぐさい現実は理屈通りにはいかない。

氏綱は報復措置をとることにした。

彼の兵は富士川の東に攻めこんできたのである。

それに呼応するかのように、現在の磐田市にあった見付城で遠縁の堀越氏延が反乱を起した。

義元には今川家の主人になって最初の試練である。

「仏の与えられた試練、修行でござりますぞ」

と雪斎は弟子だった義元を叱咤した。

「これを乗りこえてこそ、駿河太守としての面目が成りたちます」

今川義元というと、どこか守護大名の血をうけた世間知らずというイメージが江戸時代から強かった。戦の駆け引きに通じぬ「口にお歯ぐろをつけ、公家衆の顔」とか「胴長短足の男」「馬の乗りかたも下手」という見かたをされてきた。

だが、これまで書いたように、彼は雪斎という策士に助けられこそすれ、色々な苦労試練に耐えた武将なのである。

北条氏綱はただちに兵を出した。そして富士川以東の地で駿河勢と北条勢との小競り合いがはじまった。

しかし、この時も雪斎の智謀は卓抜していた。

富士川以東で北条氏綱との小競り合いがはじまると、雪斎は北関東の上杉憲政にも誘いの手をのばしている。

共に力をあわせて相模小田原を討とうという申し込みである。

もともと北条氏綱の父の早雲の頃から、上杉家は北条家の圧迫をうけて、関東における勢力を失いつつあった。

だから今川義元の誘いはただちに受け入れられた。

しかし雪斎の目的は別のところにあった。北条氏に脅しをかけて和睦をむすび、駿河、甲斐、相模の三国同盟を結ぶという大計画である。そのための作戦だったのだ。

天文十四年八月——

駿河から今川氏の軍勢が北条勢の蠢動する富士川の東、長久保城にむけて進撃した。

と同時に、上杉憲政の軍勢も上杉朝定の兵と共に北条氏の守る河越を攻撃した。

そして軍事同盟の約束通り、甲斐の武田晴信も出兵。今川軍の応援のため長久保城を囲んだ。

いわば北条氏綱は河越、長久保、小田原の三つに兵力を分散させられたのである。三つの国を相手に戦争を強いられたのだ。

それが雪斎の狙いだった。しかしその狙いの本当の目的は北条家との和平交渉にある。

その調停にのり出したのが武田晴信だが、もちろん、背後には雪斎の動きがある。

「この戦は北条家にとって不利ではないか」

晴信の親書を見た北条氏綱はこの調停を拒めなかった。言われるまでもなく状勢はあまりに彼にとって不利だったからである。

「狐に泥食わされたか」

と氏綱は口惜しそうに呟き、その不快感を家臣にみせぬためにぷいと館の外を見た。

しかし心底では氏綱は今川のこの狐——おそらく雪斎のことであろう——の策のみごとさに舌を巻いたのである。駿河を敵とするよりはこれと同盟を結ぶに若かず、と考えた。

いずれにせよ、これ以後、今川義元はこれまでの敵、甲斐の南下を恐れる必要はなくなり、甲斐の援助がある限り、北条氏綱が攪乱行為に出たところで、これを処理できる自信を持てるようになった。

義元と雪斎の目的は西の三河と尾張とに向けられた。この二国を征服すれば今川家は四ヵ国の領主となり、場合によっては上洛して天下に号令をかけることも可能なのである。

「天下人になられるためには三河と尾張とをお奪いなされませ」

織田信長、この時十二歳、まだ吉法師とよばれ元服もしていない。やがて彼が受けつぐ領土を隣国の太守が虎視眈々と狙っていることを何処まで知っていたか。

信行の運命

もちろん、信長はこの義元や雪斎の気配に敏感である。

すさまじい台風がいつかはこの尾張を襲ってくるのだ。台風が他の方向に向う筈は絶対にない。

だがいつか。

いつ、襲来するのか。

ありていに言えば昼も夜も信長はそのことばかり考えていた。

外見には豪放を装っていたが、一人端座している時、彼の意識下はその一点に集中していた。

そういう本当の信長の姿を意外に家臣たちは知らない。

たとえば「武功夜話」などでも、

「吉法師信長様は生来、気あり。接すれば五体より陽気あがり、御前に停滞して去る事を知らずなり。鞍上干飯をくらって鞍づらを叩いて呵々大笑、稀に見る御仁に候」

と書き、信長のひそかな孤独を見ぬいてはいない。

だが、信長は朝も晩も来るべき台風にたいして死を覚悟していた。

先にも書いたように、禅僧、沢彦会恩のひそかな教示のもとに坐禅をくんだのもその覚悟のためである。

もちろん、むざむざと義元の兵馬に蹂躪されるためではない。

死中に活を求めて、たとえ叶わずとも義元に一太刀あびせて死ぬ——そのための死の覚悟なのだ。

しかし一太刀あびせるためには僅かでも兵がいる。一人でも味方がほしい。

だから自分に背いた弟・信行も許した。弟をそそのかした林通勝も許した。反乱軍の大将となった柴田勝家も許した。彼等を来るべき決戦の時、兵力として失いたくなかったからである。

「あのお方がな」

と林通勝は信行の若衆、津々木蔵人に洩らした。

「我らを御赦免あったは、まだまだお役にたつからじゃ。だが、いつの日か御家来衆もお味方もふえ、我ら無用とあいなれば弊履のごとくお捨てになろう」

通勝の予言はあたっていた。

後年、信長は使えるだけ使いつくした老臣たちを懈怠なりと責め、次々と追放している。事実、林通勝もその一人となったのだ。

蔵人は愚かにも通勝の洩らした言葉を信行に伝えた。

「まさか」

と信行は眉の間を曇らせた。

「いえ、林さまはしかとそのように申されました」

と蔵人はくりかえした。

「通勝をよべ」

と信行はいささか蒼白になって命じた。

伺候した通勝に、

「蔵人に申したこと寔か」

と信行は詰めよるように訊ねた。通勝は、

「畏れながら」

と両手を床について答えない。

「申せ」

「通勝、決して口に出してはならぬ事を迂闊にも申してしまいました。お許しくだされ」

「かまわぬ。事はこの信行はじめ母上や妹たちにも関わることだ。清洲の兄上は本心から我らを許されたのではないのか」

「申せませぬ」

申せませぬ、と通勝が瞑目して沈黙を守れば守るほど、信行の不安は高まった。

「通勝、教えてくれ。このまま、清洲の兄上に手をこまぬいてよいのか」

「信行さまはこのまま手をこまぬき、信長さまの言いなりになられますか」

「兄上が織田の棟梁であられるからには……」

「まだまだ御一門は信長さまを御棟梁と考えてはおりませぬ。たとえば岩倉城の織田信安さまなどは信長さまに近頃、御不満、御不服の御様子にございます」

信行はうなずいた。

もっとも数年前まで彼の兄の信長はたびたびこの伊勢守信安の岩倉城にたちより、猿楽や歌舞いを共に楽しんでいた時代があった。

しかし父の信秀が死去してから、信安は「大うつけ者」だった信長が急に力をつけはじめたことに妬みを感じてはいた。

その上、信長の父の信秀はこの岩倉城の領分だった小口三千貫を横領して返さなかった。信安は信長にこれを返還するよう要求をしたが、問題は一向に解決しない。

「もし、信行さまこそ、そのお気持になられれば」

と通勝は床に眼を伏せたまま呟いた。

「この岩倉城の信安さまをお味方になされませ」

「兄上に戦いを挑むのか。だが、名塚の取りあいでは柴田勝家さえ散々にうち破られたではないか」

「戦には運もございます。あの雨と風さえなければ……勝家は戦上手にございます」

信行はやさしい性格だったから、自分を擁立してくれる林通勝の忠誠心はわかったが、母の心情を思うと踏みきれない。母の土田御前はおなじ腹を痛めた兄弟が死を賭して争うのを見たくはないとあの時、嘆き悲しんでいたのだった。

「そのおやさしさが」

と通勝は叱咤した。

「末森城を滅ぼしますぞ」

信行のやさしさは同時に彼の気の弱さにもつながる。

幼い時から教育係と後見役とを務めた林通勝が考えることは、すべて信行のためである。

それを知っているだけに信行は黙った。黙ったことは承諾を意味した。

「この通勝にお任せくださりませ」

と通勝は両手を膝において頭をさげた。

数日後、岩倉城に使者が飛んだ。

現在ではこの城の跡は住宅地に埋もれているが、この時代にはあまたの沼沢や水田に囲まれ、平城ながら濠を深くめぐらし、土居を築いた軍事拠点で「武功夜話」によれば「古川より掘割水引きこみ、掘割二重、追手門前土居高く築き、土居の高さ五尺有余、本丸、二の丸、馬場まことに広く御屋形は平棟、その上に望楼を備え、間口、二十一間半、奥行二十三間、御殿あわせ棟数十有七余」「町屋、軒を並べ、古街道、伝馬の中継のために人馬の往来繁く、上の郡随一の華栄の地に候」とあるから堂々たる城構えだったのだろう。

岩倉城主・織田信安は「先祖以来、名誉の家なれど武辺のたしなみ更になか」ったという。とはいえ長年の名家だけにいざ合戦となれば、馳せ参ずる付近の土豪たちも少なくはない。信長にとって好運だったのは、岩倉が生駒家のある小折村からそう遠くなかった点である。

「このところ」

と生駒八右衛門は例によって僅かな供しか連れず吉乃のもとに現れた信長にすぐ報告した。

「伊勢守さまの御家来たちに怪しげな動きがございます」

伊勢守さまとは信安のことだが、八右衛門の家はむかしこの岩倉城に出入りをしていたことがある。

「どういう動きか」

「近う戦あるやも知れぬゆえ、万一の折には岩倉城に駆けつけよ、と寄人どもにふれている由にございます。その上、美濃の斎藤義竜さまの家来衆とも木曾川の舟にてたびたび落ちおうております」

信長は黙ったまま八右衛門を凝視していた。この頃から彼は余程のことがない限り、滅多に口をきかなくなっていた。

「申しあげにくきことながら、末森城にも信安さまの御使者、往来を致しております」

「わが弟のもとにか」

「お許しくださりませ。末森城の津々木蔵人さまのお顔には見憶えがございます。津々木さまが岩倉城に出入りされているのをこの八右衛門もたしかに眼に致しました」

八右衛門と彼が養っている居候、食客たちはこの頃、信長のためスパイの役目を行っていた。何か岩倉城や末森城を中心にきな臭い匂いがたちはじめているようだ。

伊勢守信安はとも角、弟の信行がふたたび謀反を企てている。しかも美濃の斎藤義竜の力を借りて——

(やはり)

ふしぎに信長の心は平静だった。いつぞや海津で清洲の坂井大膳兄弟と戦った時、末森城の弟の軍勢が遅参した。

その時から彼は弟の後見役の林通勝に疑惑を抱きつづけていた。そしてそれが現実になったのが名塚での戦である。

（あの折に……）

あの折に、母の願いを入れて弟を許したのは間違いだった。

信長は色白の、笑うと笑くぼさえできる信行の顔を甦らせた。

おそらく、信行自身には謀反の気持はそうないであろう。だが信行は林通勝や柴田勝家にとっては反乱の旗じるしになるのだ。

「斎藤義竜と通じている――そう申すのか」

「しか、とはわかりませぬ。ただそれらしき気配はござります」

八右衛門の食客たちは旅僧や行商人である。だが彼等は同時に諸地方の動静を知らせてくれる情報員でもあった。

小折村の付近も木曾川の影響で、小川が多く流れる湿地帯である。

このところその木曾川に舟をうかべて談合している岩倉城の家臣と斎藤義竜の家来の姿をこれら情報員がしばしば見かけている。

もちろん彼等が何を談合しているのかはわからない。だが推量はできる。

「義竜は」

と突然、信長は八右衛門に思いがけぬ質問をした。

「弟二人を殺して家督をわがものにしたと聞いたが、まことか」

「そのように耳にしております」

「いかようにして弟を斬ったか」

八右衛門は驚愕の色を顔にうかべた。信長の意図がこの質問によって、はっきりとわかったからである。

「仮病を装い、弟たちに遺言申し残したいと欺き、稲葉山城に呼びよせたと聞いております」

「そうであるか」

そうであるかというのは信長の口癖だった。

この時も口癖の言葉を呟いて信長は沈黙した。

その額が少し汗ばんでいる。

八右衛門は眼を伏せた。

自分が口にした報告がこのような結果を生むとは八右衛門は想像もしていなかった。

「申しわけございませぬ」

信長は暗い憂鬱そうな眼で八右衛門を見かえした。

その夜、吉乃は信長の態度のなかに何とも言えぬ孤独を感じた。女の神経がかぎとったのである。

だが信長は女が男の世界に入りこむことを嫌う男だった。彼女にはたずねる勇気がなかった。

翌朝、

「気分すぐれぬ」

信長は周りの者に言い、滞留をとりやめて早々、清洲に引きあげた。

「いかがなされましたのでございましょう」

生れて間もない赤ん坊を抱きながら吉乃は兄にたずねた。母親になった彼女は、奇妙丸と名づけられたこの赤ん坊に信長がもう少し関心を示してもらいたかった。

「大旦那さまは……苦しんでおられるのだ」

と八右衛門はそっぽを向いて呟いた。

清洲に戻った信長は小姓たちにも、

「気分、すぐれぬ」

と言い、床に横たわった。外は雨がふりはじめていた。

医師の小川玄庵がよばれた。信長は小姓たちも去らせ、玄庵と二人でしばらく閉じこもっていた。

「お脈をとらせて頂きます」

平伏した玄庵が枕元に寄ると、

「よう聞け、玄庵。今、余の申すこと他言は無用ぞ」

と低いが、力強い声で信長は命じた。

やがて蒼白な顔をした玄庵が部屋から出てきた。

「御容態は」

「悪うございます」

玄庵は力なく首をふった。

「御命にもさし障りござるのか」

と愕然として小姓の池田恒興がたずねた。

「今は何とも申しあげられませぬ」

玄庵は逃げるように城を退出した。

信長の容態が悪いという話はただちに城内にも城下町にも拡がった。

使者が末森城にも飛んだ。

「兄上が……」

知らせを聞いて信行は立ちあがった。

「すぐに馬の用意を致せ」

「お待ちくださりませ」

林通勝がその信行を制し、大声で、

「今、少しお待ちくださりませ」

「通勝、なぜとめる」

「万が一を考えてのことでございます。この話、真実(まこと)か否かを確かめてからでも遅うはございませぬ」

通勝はこの使者の言葉の裏に策謀の気配を感じた。

「柴田殿」

と彼はわざと柴田勝家をよんだ。

「信行さまに先だち、清洲城にお見舞いにうかがっては頂けぬか」

通勝には計算があった。勝家ならば清洲の城に入って、そこに隠された殺気を感じとるにちがいない。殺気があればそれは信長の殺意から出ているのだ。

清洲の城下町に勝家が入ると、いつもは活気にみちている町がまるで大きな鳥の翼にでも覆われたように暗かった。

城下町の商人たちは皆、信長が重病にかかっていることを知っている。利にさとい彼等は信長にはまだまだ敵の多いことを承知していたから、城下町に敵が攻撃してくるかも知れぬと恐れて、息をこらしていた。

城内もまた陰気である。

出迎えた森小介という馬廻り役に、

「お悪いのか」

と勝家が眉を曇らせて訊ねると、

「医師(くすし)の玄庵殿のほか、どなたにもお会いになりませぬ。その玄庵殿がただ今、お薬をさしあげておられます」

と答えた。

玄庵が退出するのを勝家は待って、

「よほどの御容態か」

ときくと、この医師は暗い表情で、

「さようでございます」

「治られる見込みは」

「正直申してあまりございませぬ」

と弱々しい声で答えた。

「お屋形さまが……」

と森小介が呼びにきた。

「勝家ならば、ひとこと、申し渡したいと仰せでございます」

剛毅一徹な柴田勝家は信長のこの言葉に感激をした。

病室と襖をへだてて両手をついた彼は、

「勝家、末森城より参りました」

「よう、来た」

信長の声は戦場の時とちがって弱かった。

「ひとこと、申し渡したい」

「はい」

「信行のこと、くれぐれもそちに任せる」

勝家は平伏したまま、声を呑んだ。

(このお方は信行さまのことを、それほどお考えなのだ)

それが今の弱いが真実味のある声ではっきりと理解できた。

「退ってよい」

「殿」

たまりかねて勝家は口に出してはならぬことを口にした。

「たとえ、何がありましょうとも、この勝家が信行さまのことをお引き受け致します。たとえ何がありましょうとも、それは信行さまの御本意ではございませぬ」

「何か……あるのか」

「いえ」

勝家はあわてて、

「何もございませぬ」

「信行にこの兄が会いたいと申したと伝えよ。向後(こうご)のことも言うておかねばならぬ」

勝家は言いようのない後ろめたさをおぼえながら末森城に戻った。

後ろめたさは自分が信行側にありながら感情に溺れて、その謀反を暗示するような言いまわしをしたことから来ていた。だが既に体の衰えた病人はあの言いまわしの裏にあるものには気づかなかったであろう、と彼は考えた。

「たしかに御病気と思われます」

彼は林通勝に医師・玄庵の言葉や城中の沈んだ雰囲気、そして病人の力なかった声について伝えた。

「毛ほどの殺気もございませんでした」

「やはり」

と通勝は腕をくんで、

「やはり、真実(まこと)か」

そしてはじめて微笑して、

「信行さまが御棟梁になられること、これにて決った」

とひとりごとのように呟いた。

「それほどお悪いのか」

と信行のほうは勝家の話を聞くと、心配を顔いっぱいに表し、

「即刻、清洲に参る」

「信長さまも御対面をしきりと望んでおられました」

と勝家は言った。

信行は供をつれて清洲に向った。末森城から清洲までは馬を駆けさせればそう時間はかからない。

「勘十郎さまが御越しになられた」

城では信行の到来に信長の家臣たちがあわただしく出迎えた。

不幸なことに——

信行はこの時、斎藤義竜が二人の弟、孫四郎と喜平次を誘殺した情況を知らなかった。

（あるいは思い出さなかったのかもしれぬ）

すべてがその時と同じやり方で実行された。

信長が寝ていると案内されて、北櫓の天守閣の次の間に何の疑いもなく信行は足をふみ入れた。

案内役の河尻与兵衛（秀隆）が腰から刀をはずして小姓に手渡した。これを見た信行も刀をとった。もちろん彼の心には毛ほどの疑惑も起きなかった。

途端、襖があいた。

抜刀をした青見（名は不明である）某が部屋に走りこんだ。河尻与兵衛も一度、はずした自分の刀を取った。

「お覚悟」

二人は同時に叫んだ。

「兄者人（あにじゃひと）の御指図か」

と信行は二人の刀を見て叫んだ。顔は蒼白だった。

河尻も青見も沈黙をしたまま、その信行の体に刀を突きさした。

十一月二日のことである。

河尻与兵衛は血まみれの死体の始末を青見に任せ、信長に報告に行った。
「御指図通り、致して参りました」
信長はその時、小机に向い、なにか筆を動かしていたが、
「終ったか」
と答えたきりだった。
河尻は一礼をして部屋をさがった。
清洲城内もまるでこの惨劇を知らぬように静まりかえっていた。
信行に供して城に来た数名の家臣たちも別室でむなしく待たされた。
だが——
見舞いを終えた筈の信行が一向に戻ってこないことに次第に不安を感じはじめ、
（謀られたか）
気づいて立ちあがった時、部屋は既に武装した男たちに囲まれていた。
彼等は縛られて城下町の外に連れだされ、斬られた。
この二日の真夜中——
お市は末森城のなかで、悲鳴に似た声をあげて寝床から飛び起きた。
「いかが、なされました、いかが、なされました」

と隣室にいた桔梗があわててお市を抱くと、小さな体の震えが伝わってきた。

「悪い夢でもごらんになりましたか」

たしかにお市は悪い夢を見た。

信行が血まみれになって立っている姿が夢のなかに現れたのである。信行はお市に何かを訴えようとしてしゃべっているが、その声が聴えないのだ。

「夢でございます。さ、御安心なされませ」

お市はうなずいて、もう一度、寝床の上に身を横たえた。

翌日、末森城ではあわただしく家臣たちが集まった。

信行の暗殺が判明したからである。しかも、

「信行、不穏の儀、あり。よって死を与う。これにつき不服の輩は、よろしく、槍刀をもって信長に抗すべし」

信長から末森城に送ってきた書状には短い言葉で事件を告げていた。信長ははっきりと弟を殺したことを伝えてきたのである。

(恐ろしい奴)

林通勝は今度こそ信長に負けたことを感じた。これ以上、逆らうことは意味がなく、一族の滅亡にもつながる。柴田勝家も同じ気持だった。

お市は兄の死を知った時、声をあげて泣いた。

あの優しかった兄がなぜ殺されたのか、死なねばならなかったのか、彼女にはまったくわからなかった。

美濃の義竜

信長が弟の信行を清洲城で謀殺したことは密偵たちの報告で今川義元の耳にも美濃の斎藤義竜の耳にも即刻、伝えられた。

「上総介めが……弟を」

上総介とは信長のことである。

義竜は報告を聞いて嫌な顔をした。

彼は体軀は巨大で下ぶくれの魁偉(かいい)な顔をしており、あまり感情を表にあらわさぬ男だったという。その男が嫌な顔をしたのは、この報告が彼の胸の傷にふれたからだろう。

戦国時代には兄弟、相争うことは珍しくはなかったが、病と称して弟を見舞いにこさせ、その油断に乗じて斬殺するやり口はあきらかに義竜の行為をそのまま真似したものである。

義竜は父を殺し、弟を殺害して美濃を手に入れた。

だが、その行為が彼の心にうしろめたさを与えなかった筈はない。一説によると義竜は父の首実検の折、これを足蹴にしたという話もあるが、桑田忠親博士の説によると、義竜がその後、妙心寺派の禅僧・別伝（べちでん）のために寺を建てたのは、このうしろめたさの現れだという。

（いずれ上総介を滅ぼさねばならぬ）

そういう気持のなかには、自分と同じような行為をした男をこの世から抹殺したいという心がまじっていた。

その信長の妻・濃姫はほかならぬ義竜の妹である。年は八つも違うし、母親もちがう。義竜の母は三芳野（みよしの）といい、これも体の大きな女だった。一方、濃姫の母・小見の方は美濃の豪族、明智光継の娘である。彼女は信長を本能寺で殺した明智光秀の伯母にあたる。

だから義竜にとって信長はいわば義弟ともいえるのだが、義弟、義兄の間柄でも、ともに兄弟を殺した義竜、信長にとってはそんなことは何の障害にもならない。

「上総介を滅ぼす智慧はないか」

と彼は六奉行の一人である竹腰新介をよんで相談をした。

「それは何よりも」

と新介は、

「岩倉城主の織田伊勢守に戦を起させることでございましょう」

と答えた。

「やはり」

と義竜は大きな顔の眼をしばたたいて、うなずいた。

やはりと、うなずいたのは末森城の信行も反乱を計画した時、この岩倉城と手を握り、更に義竜の応援を求めてきたからである。その折、竹腰新介は国境の木曾川でたびたび相手側の使者と談合している。

「やはり、伊勢守を使うか」

と義竜はつぶやいた。

信行殺害はもちろん岩倉城にも伝わった。この頃の岩倉城主は織田信賢(のぶかた)である。この城でも父子の争いが、先頃行われて、歌舞音曲にばかり熱中し、武辺のことはかえりみぬ父の信安を子の信賢が追放をした。

信賢は末森城の信行と組んで反信長戦線を結成するつもりだったから、この信行殺害のニュースは衝撃だった。

もちろん、美濃の斎藤義竜の支援を仰ぐ手筈で、その談合はこれまでもしばしば行われていた。

その談合の模様を生駒八右衛門の邸に寄宿する居候たちがひそかに偵察している。

もちろん、信長の小者になった藤吉郎もその一人だった。彼はこれら旅僧、行商人たちの間では妙な人望があって、なにかというと彼等の相談にものるようになっていた。

藤吉郎は談合の数だけではなく、斎藤側の代表が竹腰新介という六奉行の一人であることも突きとめていた。

「六奉行とは、もともと美濃の守護・土岐氏の家臣たちでござります。竹腰新介も土岐氏が滅びましたあとは、斎藤家に仕えております」

と藤吉郎は生駒八右衛門に集めた情報を報告した。

彼はまた岩倉城の兵糧が十日分しかないことを偵察してきた。

「されば籠城十日のうちに斎藤義竜の援兵が駆けつけるよう、話しあいを進めておりましょうな」

これらの情報はもちろん、小折村に吉乃をたずねた信長の耳に八右衛門から伝わった。

「義竜めと駿河の今川義元とは手を結んではおらぬのか」

信長は気がかりなことを遂に口に出した。

「その儀についても探っておりますが、ようわかりませせぬ」

「うむ」

信長の不安はそこにあった。

斎藤義竜と今川義元とが同盟して両面から尾張に侵入をしてくれれば、僅かな兵力しか持たぬ信長は徹底的にうち破られるであろう。二面作戦を強いられるからだ。

彼にとって、一番不安で苦しい時期はこの時だった。

「今川の動きも、見張り、怠るな」

と信長は八右衛門に命じた。

その夜、吉乃は信長に抱かれながら、彼の孤独を思った。

信長が弟を謀殺したことは吉乃も知っている。万事、やむをえぬことと言いながら、血をわけた兄弟まで斬殺せねばならなかった信長の心をどう受けとめてよいのか、わからない。彼女はいつか彼が言った言葉を思いだした。

「余は魔王になるぞ」

雨が続いている。

生駒屋敷から清洲に戻った信長は毎日、書院からその霧雨を見ていた。

覚悟していたことだが、いよいよ、刻(とき)が近づきつつある。

今川義元の侵攻が先か、それともまず斎藤義竜を相手として戦わねばならぬか。

いずれも強敵。両者とも信長が集められる兵力をはるかに上まわる軍勢をもって侵略してくるにちがいない。

斎藤義竜――信長にとっては義兄。しかし義兄とか岳父とかはこの戦国の世のなかでは何の信頼価値もない。二つの家の縁組みも固い結合のためではなく、一時的な和睦のために行われるにすぎなかった。

発作的に信長は立ちあがった。彼が正室である濃姫を見舞うのは数少なくなっていたが、その折、前ぶれはほとんどない。

いつものことながら、突然の見舞いに侍女たちはあわてて濃姫に知らせにいった。

そのわずかな時間の間に、濃姫は見ぐるしくないように床の上に正座し、髪の乱れをなおして夫を待った。

「今日は顔色もよい」

信長はしばらく濃姫をみつめて呟いた。

「嬉しく存じます」

と濃姫は頭をさげた。

彼女ももちろん十一月二日にこの城の本丸で行われたむごたらしい惨劇を知っていた。しかし、男たちの世界ではそれらは当然のことなのだ。

「また、戦がはじまる」

と突然、信長は告げた。

「このたびの相手は……岩倉城の織田信賢であるが……」

と彼はそこでしばらく沈黙して、

「その信賢に……そなたの美濃の兄者が味方なされておる」

濃姫はやせた顔のため、余計に大きく見える眼を見開いて夫を凝視した。

「されば義竜殿を相手に……合戦いたすやもしれぬ」

「………」

「戦国の習いなれば……そなたが美濃に戻る心ならば充分、供をつけて送りかえそう。是非もないことゆえ一向に恨みとは思わぬ」

信長はそう言い終ると、霧雨のふる庭に眼をやった。小さいながらも五条川から引いた滝があり、岩があり、池が作られていた。

戦国時代、嫁の実家が敵となった場合、嫁はその父や兄のもとに送りかえされる場合がある。たとえば明智光秀の娘は荒木村重の嫡男に嫁いでいたが、村重が信長に反乱を起した時、彼女は信長の武将である光秀のもとに送りかえされた。

信長が「戦国の習いなれば」と言ったのはそのためである。

庭の池に石を放ったような音がした。鯉がはねたのである。

音のする方向に眼をやって信長は、

「不憫な……」

と誰に言うともなくひくく呟いた。

濃姫はうなだれたままこの言葉をきいた。

「辛う……ございます」

と彼女は涙をのんだ。今まで夫から「不憫」と言われたことは一度もなかった。彼女もまた「辛い」と訴えたことは一度もなかった。

二人が夫婦となったのは共に十代の時である。

だが、病弱な濃姫と大うつけ者を装う信長との間には、夫婦らしい細やかな感情の交流はほとんどなかった。

濃姫は子を生むには体が弱かった。戦国の時代に嫡男を作ることができない正室はあわれである。

家臣たちも侍女たちも信長の心が濃姫から次第に離れていくのを感じていた。それも美濃の斎藤道三が存命のうちは、僅かながら彼女の存在価値はあったが、その道三が義竜に滅ぼされると、むしろ敵側の血縁として清洲城では重荷になってきたのである。

「不憫な……」

信長がつぶやいたその短い言葉のなかには、彼と短いながらつれ添った濃姫への同情があった。

「辛う……ございます」

「さも、あろう。されどかかる世に女として生れあわせた不運はそこもとだけではない。そう思うて……諦めよ」

「はい」

「美濃へ、戻るか。重ねて申すが、何ごとも信長、決して恨みに思わぬぞ。これも戦の世には是非もなきこと」

信長は立ちあがって廊下に出た。その背中を濃姫は追いすがるような眼で見送った。

夫の足音が消えたあと、老女中がそっと入ってきた。この老女中は輿入れの時、美濃から従ってきた女たちの一人である。

「お伏せなされませ、お疲れの御様子」

老女中は濃姫の心を鋭く見ぬいていた。

「美濃との合戦が始まるのでございますか。それでは……」

「いいえ美濃には戻りませぬ。父上を殺した兄上のもとに帰るわけにはいかぬ」

と濃姫は強く首をふった。

「千里(ちさと)」

と彼女はさきほどの涙ぐんだ表情を顔からまったく消して老女にたずねた。

「さぞかし殿は、この帰蝶を持てあましておられましょう」

「何を申されます」

「いいえ、お気持はよう、わかります」

と濃姫はうつろな眼で庭にむいた。

その夜、闇のなかで――

信長は坐禅をくんでいた。

彼は自分の眼前に死を見ていた。

駿河の今川義元、美濃の斎藤義竜。この二つの大敵といずれは雌雄を決せねばならぬ。

この合戦は避けて通ることはできぬ、逃げられぬ運命として信長の前に黒く、大きく立ちはだかっている。

しかも、ほとんど勝ち目がない。

信長の弱点は二つあった。

ひとつは動員兵力の不足である。かき集めて二千か三千。

一兵でもほしい。

だから彼は刃向ってきた末森城の林通勝や柴田勝家をも咎めなかった。彼等が戴く弟の信行さえ消せば、その重臣、家来の復帰を許した。自分の戦力をそぎたくなかったからである。

もう一つ、尾張がまだ完全に彼の手の中にないことである。次々と一族が戦いを挑んでくるのは、信長を彼等の棟梁と認めていないからだ。

この二つの弱みをかかえながら強敵、義元や義竜と決戦せねばならない。

勝算は信長になかった。万が一のチャンスを狙うより作戦の立てようもないのだ。

(おそらく、討ち死にしかないであろう)

彼は闇のなかで自分の死を見た。

持たねばならぬのは死の覚悟のみである。そのために信長の坐禅はそれにのみ集中をしていた。

神も信ぜず、仏も信じぬ彼はおのれ自身のほか、何も信じない。

その上――

彼は人間の心の醜悪さを戦国の世で嫌というほど見てきた。

領地のためならば骨肉の情などかなぐり捨てて父を追い、子を殺し、兄弟を裏切る世のなかである。

これらの人間を制圧するには力以外に何ものもない。

だから、もし、二つの戦い——義元や義竜に勝つことができるならば、力をもってすべてを制圧せねばならぬ。

信長は眼をつむっている。

すべての執着をたち切れと禅は教えている。死を恐れるすべての執着を棄てることである。死を賭けて義元や義竜の大軍に切りこむ、死中に活を求める——そのほかに道は残されていないのだ。

(是非もなし)

後年、この言葉が信長の口癖になる。

足音がした。闇のなかにその足音がとまり、膝をつく気配がした。

「一大事でござります。奥方さまが、御自害になられました」

幾つかの燭台が部屋の隅々におかれて、炎がゆれていた。

既に濃姫は白布で顔を覆われて遺体は褥の上におかれている。

彼女は長年召し仕えた老女中と共に自決した。

事は静寂のなかで行われたため、他の侍女たちも出来事にはまったく気づかなかった。

それほど濃姫の死は潔く静かに実行された。

遺書と辞世の歌もきちんと文机の上におかれていた。

信長はその遺書を開け、眼を通したのち懐中に入れた。

「橋介」

彼は小姓の長谷川橋介に指図した。

「葬儀はもとより自害のことは固く秘して、外に洩らさぬよう申しつけよ」

「は」

長谷川橋介は畏まって頭をさげたが、その表情には不審の念がかすめた。

しかし、この頃から——

信長はほとんど家臣にたいして命令をくだすだけで、重臣たちにさえもその理由を説明しなくなっていた。

後年の独裁者としての雰囲気が少しずつ作られてきたのである。

だからこの時も、長谷川橋介は敢えてそれ以上事情を訊ねなかった。

信長が濃姫の自決を秘したのは、斎藤義竜に侵入の口実をただちに与えたくなかったからである。

今の信長として最も恐れたのは尾張の統一、一族の帰順が確立する前に義元と義竜とに攻められることだった。

燭台の灯影に濃姫の顔が白く、細く浮きあがって見える。

遺書には信長にたいして重荷となっているわが身が恨めしいと書いてあった。病んだ身を生きのびて、悲しい世を見るよりは、浄土に参ってみ仏のそばにいることこそ選ぶべき道と思うとものべてあった。

(あわれな女よ)

信長の心は複雑だった。

一方では濃姫のはかない生涯をあわれと思う。

しかし彼女が戦国に生れたからには、こうした運命を背負わねばならなかったことも確かである。

ほとんどの戦国の女たちには、自分で自分の運命を切りひらくことは不可能だった。男たちは戦う、その戦いに女たちは巻きこまれていく。

濃姫もその一人なのである。

(是非に及ばず)

一方では不憫と思いながら、他方ではこれもやむをえないことだと信長は思った。食うか、食われるか、殺すか、殺されるかが男の世界ならば、子供を生めなかった濃姫の自殺を、信長はひとつの戦死として見てやるのが最上の道だと思った。

信長は濃姫の自決について厳重な箝口令(かんこうれい)をしいたので、城下町や農民のなかにもそれを知らぬ者は多かった。

だが、時間がたてば今川、斎藤の密偵らはこの事実を嗅ぎつけるだろう。

だから、できるだけ早く――斎藤義竜の支援のもと、反旗をひるがえそうとしている岩倉城に、美濃の援兵が到着しないうちに先制攻撃をかけておかねばならぬ。

信長は早速に生駒八右衛門を小折村から清洲によんだ。

「気になることがある。川筋衆の者たちはいずれに味方を致すか。清洲側か、それとも岩倉側か」

信長の頭の回転は速い。速いから質問にたいして家臣が即答できぬ時は、機嫌悪くなることを八右衛門はよく知っていたから、

「かの者たちは扱いにくき厄介人、流れ者たちでござりますれば、深い思慮も持ちませぬ。されば進退まことに定めがたく、彼方に走り、此方に味方致します輩でございます。岩倉に駆けつけるか、お屋形さまの御下知に従いますかは、その時によって違いましょう」

とすぐに答えた。

だが生駒八右衛門がこの時答えた言葉を読者にはもう少し、くわしく説明したい。

信長がたずねた川筋とは小折村をふくむ木曾川の南をさす。

このあたりは「武功夜話」によれば、当時、木曾川の支流が七つあって、周りは竹林が拡が

り、雑草が丈をなしていた。

大雨がふると川が氾濫して田畑に砂を入れるので、船頭や馬方たちだけが住む家があちらに十戸、こちらに五戸と散在し「兎や鹿の飛びかう」場所だった。

「蓬草（よもぎ）、茫々として作も立たず、従党の住家、恰好の地」

と言われたこの一帯には六人の頭がこうした船頭、馬方、人夫たちをとりしきっていた。

この連中たちはいざ近くで合戦があると、たちまち雑兵、野武士の類に変貌して利のある方に味方する。

地形、地勢に通じているだけにゲリラ戦には巧みで侮ることはできぬ。

「気になることがある」

と信長が言ったのも、岩倉城を攻めるに当って、この川筋衆を抑えたかったからだった。

「川筋衆、六人の頭目（かしら）とは何者か」

信長の質問に八右衛門は即答した。

「坪内惣兵衛、坪内小八郎、青山新七門、稲田大炊介（おおいのすけ）、日比野六太夫、蜂須賀小六にございます」

「その者たちを敵にしたくはない」

八右衛門は信長の望みをきいて困惑した表情をうかべた。

「有体に申しまして、むつかしゅうございますな。素直に言うことは聞きませぬ」

八右衛門は神妙な顔をして首をかしげた。

彼は川筋衆のことは熟知していた。油や灰を手広く売る生駒家では運搬人も馬方も船頭も必要だったから、これらの連中と親密に交際もしていたし、また血縁関係も結んでいた。

実は八右衛門はこれまで、幾度も、

「信長さまの手のうちに加わってはどうだ」

と川筋衆のなかでもとりわけ子分の多い蜂須賀小六に奨めたことがある。

「主人持ちは嫌さな」

と小六は種子島の掃除をしながら首をふった。

小六は八右衛門の弟である。鉄砲の名手だった。もともと彼の家はその姓の通り尾州海東郡の蜂須賀村だが、父親の死去後、母親の実家のある（小折村に隣接した）宮後村の安井家で兄弟共に育てられた。兄の八右衛門のほうは長じて生駒家の養子となり、その娘を女房とした。

「どうしても嫌か」

八右衛門としては自分の妹が信長の子を生んだ以上は、弟も清洲側に引き入れたかったが、奔放不羈な弟の性格を知っているだけに無理もないと思った。

そういうわけで――

「むつかしゅうございます」

と信長に答えざるをえなかったのである。

信長のひろい額に青筋がういて、

「策はないか、八右衛門」

「藤吉郎をお憶えでございますか」

八右衛門は咄嗟の智慧で思いついた。

「藤吉郎ならば手前先に居候しておりました時から川筋衆の無法者たちにも妙な人気がございました。あの藤吉郎をお使いになられては如何でございましょう」

信長は乱波として召し使った藤吉郎のハゲ鼠のような顔を思いうかべた。機転がきき、小智慧のある、そして懸命に立ち働くあの男。

「藤吉郎か」

使ってみよう、と即座に決心した。

信長は小姓に命じて、藤吉郎を呼ばせた。

炭の粉のついた顔をして藤吉郎があらわれた時、一眼でこの男が陰日向（かげひなた）なく働いているのがわかった。

「藤吉郎、出世したいか」

「は」

「汝、川筋の輩と懇意に致しておったそうな」

「は」

「岩倉攻めにあたり、川筋の輩を調略、できるか」

藤吉郎は平伏したまま、

「は」

ともう一度、頭をさげた。その瞬間に後に天下人となったこの男の頭脳は素早く回転していた。

「藤吉郎にはなかなかに難しゅうございます。ただ今のところ御城内にて賤しき身分にございますゆえ、これでは、川筋衆たちにも侮られましょう」

言葉だけは謙虚だったが、その内容は聞きようによっては厚かましいものだった。

今の小者の身分ではとても自分には川筋衆たちを説得する自信がないので、調略が困難だというのである。

「さればなにとぞ、お屋形さまのお墨付二通を頂戴致しとうございます」

墨付とは言うまでもなく信長の直々の保証書である。八右衛門があわてて、

「藤吉郎、口がすぎようぞ」

と叱りつけると、信長は、

「かまわぬ、どのような墨付か」

とたずねた。

「畏れながら申しあげます。一通は川筋衆の頭目、蜂須賀小六宛に、尾張国中の隅々まで口夜かかわりなく人馬荷駄通過のことお許しくださるお墨付にございます」

「もう一通は」

「これはこの藤吉郎めにおくだしくだされませ。藤吉郎、出世の暁にはこれら川筋衆を藤吉郎の手下にくだされますよう」

「よし」

信長は真面目な顔をしてうなずいた。彼と藤吉郎との会話はあらかじめうち合わせがしてあったように行われた。

(こやつ、ただ者ではない)

八右衛門は小気味よいほどの両者の話しあいを目撃して、今更のように藤吉郎に舌をまいた。

「武功夜話」にはこの時、信長が「よし」と言って蜂須賀小六に宛てた墨付一札の内容の大要が記載されている。それは次のようなものである。

国中郡内の各々関々至るも人馬荷駄、通り抜けの儀夜中深更に及びても構わずよって状くだんの如し

信長　花印

蜂須賀彦右衛門尉まいる

藤吉郎はこの墨付を手にしてその夜、もう生駒屋敷から徒歩半時間の宮後村に寓居する小六の住居をたずねている。

これも信長のせっかちな気性を呑みこんでの話である。

蜂須賀屋敷の跡は現在も宮後八幡神社のそばに残っている。

岩倉攻め

筆者はこの蜂須賀屋敷の跡を一度、たずねたことがある。新しい住宅がかつて屋敷だったなかに点在していて、一部は宮後八幡（みやうしろ）という神社になっていた。

当時の敷地は三反もある広いものだったらしい。

「武功夜話」にも、

「寛永の今の世、宮後蜂須賀屋敷名残り留め候。百姓の善六と申す者、住居す。屋敷城跡三反ばかりこれあり。周りは大竹林一町ばかり、土居、掘割りその内に残れり。広大なるも大方は百姓、開起候いて畠となるも、馬隠しという所、今なお土居高く、大樹繁茂、狐狸の巣なり、馬隠しというは蜂須賀の厩（うまや）の跡か、里人、かく呼びならわすなり」

と書いている。

竹林の一部は未だに残っている。

予想していたことだったが、あぐらをかいた小六は藤吉郎の必死な頼みにも首を縦にふらない。

「藤吉郎殿の話ようわかり申したが……われら川筋衆が今日まで生きつづけましたのは、いずれの御領主、地頭をも主人と仰がざりしお蔭でござるよ。尾張の形勢さし見候う、出入り巧者がこの小六の身上。出入り巧者とは戦いがはじまったあと、勝ち目ある側につくもの。さればまた合戦が行われぬ前に清洲側につくか、岩倉側に味方いたすかは決めかねます」

「もとより、そのことは承知しております」

と藤吉郎は丁重に言った。

「だが、清洲の大旦那さまは、もしそこもとたちが岩倉側に加担致さぬならば、この証文の通りに致すとお約束が……」

例の墨付を入れた木箱を恭しく小六の前におき、

「このお墨付と……更に藤吉郎めの命とを引きかえに考えてはくださらぬか」

「藤吉郎の命?」

小六は大きな掌で顔をこすりながら不審そうに、

「藤吉郎殿の命を小六にくだされるのか」

「さよう。もしこたびの合戦で岩倉方が勝った暁には、この藤吉郎をどのように扱われてもかまいませぬ。されればせめて、岩倉城に味方はせぬと約束してくだされ」

藤吉郎は小六のような男の心理を心得ていた。体を張って誓うのが小六のような仁俠の者の心を動かすのである。

小六はしばらく沈黙していた。やがて顔をあげて、

「そこまで申されるなら」

と呟いた。

「川筋衆の者はいずれの側にもつかぬ、とお約束致そう。だが岩倉方にもつかぬかわり、清洲方にも馳せ参ぜぬぞ」

藤吉郎のハゲ鼠のような顔に喜色が浮んだ。

「忝ない、忝ない」

と手をあわせて小六を拝んだ。

この率直さが当時の藤吉郎の人心収攬術だった。

藤吉郎が清洲に駆け戻って、以上の報告をしたのが永禄元年七月十日夜。

「よう、やった、ハゲ鼠」

まだ起きていた信長は大きくうなずき、藤吉郎が平伏している闇にむかって、

「小折村そばの加納馬場、十五貫文を今後、給地として与える」

と怒鳴った。

たんなる小者だった藤吉郎が信長の家来と認められたのはこの時である。

翌日の十一日——

信長は電撃のように岩倉城攻撃の命令をくだした。

清洲から岩倉までは約四キロにすぎない。

だが信長軍は防備の固い岩倉城の正面攻撃は避けて、背後の浮野村に陣をしいた。

この信長軍が北上してきたという知らせを受けた時、岩倉城内では籠城を説く年寄り派と浮野ケ原に戦って出ることを主張する若者派との二つにわかれている。

籠城を説く年寄り派は、美濃の斎藤義竜が応援にくるまでの十日間、城を守るほうが得策だと計算した。

だがこの考えを若者派は臆病とみた。若者派の代表は織田七郎左衛門で、

「無益なる籠城和議は笑止の沙汰」

と高笑いをして、

「この上の評議は臆病風のみ。もはや思案の刻にては相なし」

七郎左衛門が荒々しく出ていくと、若侍たちも続々と席をたった。

岩倉城から小折村までさして遠くない。その小折村、生駒家でも浮野で戦いがいよいよ始ま

ると聞くと、厳重な警戒態勢に入った。

広大な屋敷を平生から面倒をみている居候たちが守ることになった。

吉乃と生れて間もない赤ん坊（後の信忠。当時は奇妙丸という名だった）の母子や邸内の女子供たちは春日井郡柏井や美濃境の河内に避難することになった。

その生駒屋敷にも戦況が次々と入ってくる。

「岩倉勢は集めてやっと二千人たらず、織田七郎左衛門を大将として浮野ケ原にうって出たそうな。御城主、信賢様も城に残られたが城内には二百の兵しか手もとにないときいた」

「浮野ケ原では敵味方、たがいに顔みしりも多く、悪口雑言言いあっている様子じゃ」

「犬山城の織田訃巌さまが信長さまに味方されて兵を送ってこられた。これでは岩倉勢にはもう勝ち目はあるまい」

「岩倉勢は算をみだして退却。総大将の七郎左衛門も戦死ときいたぞ」

このように生駒家では戦場の模様が手にとるようにわかっていた。

信長勢の勝利は夕刻になると明らかになった。

勝ちに乗じた清洲勢は城に逃げ戻った岩倉勢をとり囲んだが、無用の出血を避けて城中には攻めこまなかった。

岩倉城があっけない程の早さで陥落したニュースは、末森城の土田御前やお市のところにも届いた。

この一戦にて信長が名実ともに織田一門の棟梁となったことは明らかだった。ここまで彼の実力がはっきりした以上、それに逆らう者はいないだろう。

戦には柴田勝家は出陣をしたが、林通勝は城代としてとどめおかれた。おそらく通勝にたいする信長の不信感がそうさせたのであろう。

「おそれながら」

とその通勝が土田御前に戦勝の報告をして、

「清洲城に祝賀の御挨拶に赴かれますよう」

とたのんだ。

「参らねば……ならぬか」

と土田御前は憂鬱そうな声をだした。彼女は朝夕、溺愛した故信行のための経をあげることを生き続ける拠り所にしていた。

「そのほうが……」

そのほうが、と言って通勝は口をつぐんだ。そのほうが末森城の今後のためにも宜しかろう、という意味が短い言葉のなかに含まれている。

あれほどの智慧者だった通勝の顔が信行の死以来、めっきり窶(やつ)れている。彼は信行を織田一門の棟梁にすることにすべてを賭けてきたのだが、その志が挫折してしまい、しかも弟の通具まで戦で失った。

懊悩が彼をめっきり老いさせていた。

「できますならば」

と彼は母のそばにいたお市に顔をむけて、

「お市さまも」

「わたくしも」

「お市さまも御前さまと濃姫さまの御墓にお参りくださりませ」

彼女にとって、信行が殺されたことは大きな衝撃だった。

末森城の人たちのなかにはまだ少女のお市に信行の死をかくしている者もいたが、もちろんお市はこの恐ろしい事実を知っていた。

信行を殺したのが他ならぬ信長であるという事実がお市をうちのめした。茫然とした彼女は何ヵ月もまるで虚(う)つけたような顔をしていた。

そして今は母と一緒に手をあわせ、仏に祈るのみである。

(あの優しかった兄上を……)

むつかしい抗争の渦はお市にはわからない。

しかし戦国の世のなかでは優しい者がうち滅ぼされるのだ。読経のたびに彼女のまぶたには信行の笑顔がうかんだ。

行列をつくって彼女と土田御前が清洲の城に信長をたずねたのは永禄元年の秋晴れの日である。

行列のまわりを蜻蛉(とんぼ)が飛びかい、芒(すすき)の固い穂が銀色に光っていた。

「よう来られました」

土田御前とお市とを迎え出た信長は気味わるいほど上機嫌であった。

信長は土田御前が戦の勝利を祝うと、

「とにもかくにもこれにて尾張を平定致したように思えます。これも亡き父上と母上のお蔭にござりましょう」

と真面目な顔をしてうなずいた。

母と息子との取りつくろった話題は肝心のこと――信行の暗殺と濃姫の死については回避するように続いた。

「母上たちも末森城を引きはらい、この清洲城に移られては如何でござりましょう」

「有難き話ではありますが、お市はとも角、年寄りはそなたの足手まといになります。当分、末森にて念仏三昧に過しましょう。そばには信秀さまはじめ、弔わねばならぬ一族、血縁の墓もあるゆえ」

弔わねばならぬ一族、血縁——それは土田御前が信長にたいする精一杯の恨みと皮肉とだった。

「なるほど」

信長はその皮肉に気づかぬふりをして、

「お市、少し見ぬ間に大きゅうなったが……ここに来て兄の膝に坐ってみよ」

ためらうお市を信長は膝の上にのせて、

「どうじゃ、お市は。清洲城に来て兄と住む気はないか」

信長の手がお市の頭をなでた。

(この手が……)

瞬間、お市の体にたまらない恐ろしさが走った。

(兄上の信行さまをお斬りになった)

やさしく、ゆっくりとお市の髪にその手が動いた。

「随分と奇麗になられたな。よし、信長がお市のために日本一の婿殿を探して参ろうぞ。そうなればお市も果報者になれよう。女の果報は男の世界を覗いてはならぬことぞ。男の世界は生きるか、死ぬかの地獄ゆえ、女には見せたくはない。女も嘴(くちばし)を入れてはならぬぞ」

お市に言っているのか、土田御前の皮肉に答えているのか、わからない、とぼけた口調だった。

「まことに仰せの通り」

と土田御前も負けてはおらず皮肉をこめて、

「濃姫殿もそのような果報者の女として生涯を終えられたのであろう。信長殿、お差し支えなくば、濃姫殿の墓に詣でさせてはくれぬか」

「それは……忝ない。さぞ地下にて帰蝶(濃姫)も悦ぶことでございましょう。早速、家臣に御案内をさせます」

信長は笑いながら立ちあがった。

城下町の北市場にある秋の総見院に濃姫の真新しい仮卒塔婆が立っていた。

信長と供の家臣たちにとり囲まれながら、土田御前とお市とは苔むした石段をゆっくりのぼった。

寺僧が数名、恭しく卒塔婆の前で腰をひくめて挨拶をした。

蜻蛉が無数に舞っている。濃姫の卒塔婆にも一匹の赤蜻蛉がとまって、羽をおろし、じっとお市を見ていた。

(この蜻蛉、姉上ではないのか)

お市にはそんな気がした。末森城の隣にある桃巌寺の住職は輪廻転生の話をしてくれた。人間は死後、肉体が滅びても中有（ちゅうう）という状態になってしばらくこの空中にあり、やがて新しい人間や生物に身を借りてふたたび地上に生れるという。

お市はこの蜻蛉は、ひょっとして濃姫の生れかわりではないかと一瞬思った。蜻蛉の大きな眼は濃姫の頬肉はこけてはいるが美しく大きかった表情を連想させたからである。

（お市殿）

と濃姫の声がした。

（そなたも戦国の女。戦国の女は不倖せでございます。そなたがどのようなお方に嫁がれても、武辺の男たちの世には巻きこまれぬようになされませ。武辺の男たちはおのれが欲や利のために駆けまわり、戦をしあい、殺しあいます。そのような男たちではなく——たとえば御坊さまのようなお方のもとに嫁がれませ）

お市ははっとして傍らにいる侍女、桔梗の袖をひいた。

「どうなされました」

桔梗はひくい声で自分の仕えている姫をたしなめた。しかし彼女の関心は供にまじっている柴田勝家の精悍そのものの姿に集中をしていた。

「姉上が」

「姉上が、いかがなされました」

「姉上があの蜻蛉になられて」

「何を愚かなことをおっしゃりますか。早う両手をあわせて……」

蜻蛉はさっと羽をひろげて飛びたった。しかしお市の耳には、まだはっきりと濃姫のささやきが残っていた。

（そなたがどのようなお方に嫁がれても武辺の男たちの世には入らぬようになされませ）

この言葉をお市はその夜、そっと桔梗だけにうち明ける。しかし桔梗は馬鹿にしたように笑って、

「今の世は武辺のお方だけがときめく時でござりますぞ。強く、やさしく、勇ましい方に嫁ぐのが女の果報でございます」

と言った。

墓参をすませてふたたび侍女、家臣にとり囲まれて寺を出ようとした時、信長が無造作に近よってきて、

「お市、兄者は近く都にのぼるつもりじゃぞ。都にはお市の悦ぶ人形なども売っておる。楽しみに致しておれ」

信行を失った妹の悲しさがわかったのか、珍しく彼女の機嫌をとるようなことを言った。

なにげなく信長がお市にかけたこの声を、そばにいた老侍女が聞いていた。

彼女は濃姫付きの侍女で、濃姫が輿入れの時、美濃からこの尾張に供をしてきた一人である。

その瞬間、彼女の顔色が変った。

だが老女はその顔色を他人に気どられぬように面をそむけると、蜻蛉の行方でも追うように秋の青空に眼を向けた。

翌日——

この女からの密書がもう稲葉城にいる斎藤義竜のもとに届けられていた。

「上総介が……」

女文字の書状を読みくだした義竜は、仰天したように大きな体にふさわしい大声をだした。

「上洛を致すのか」

そして彼はそばにいた家臣の上田加賀守にたずねた。

「何のためだ」

「信長は岩倉城を攻め落とし、尾張の半ばを手中に収めました。それゆえ、将軍足利義輝さまから尾張守護の許しを受けるのが望みでございましょう」

義竜はその返事を聞くと嫌な顔をした。

岩倉城が陥ちたのはあの時たしかに義竜の救援が遅延したからだった。

「たび重なる合戦つづきでは信長もそう早くは兵を出しますまい。おそらく秋のかり入れが終ってからでございましょう」

と言ったのはこの上田加賀守たち重臣だった。義竜はそれをそのまま受け入れて岩倉城からの催促にもかかわらず、猶予をした。その猶予が仇となった。岩倉城と義竜のいる稲葉山城の中間にいる犬山城主で信長の従兄にあたる織田計巌（信清）が、これまでの中立を破って清洲側に味方をしたのである。この犬山勢に妨げられて義竜は応援が不可能になったのだ。

それだけではない。このところ彼は心の病にかかっていた。

父と二人の兄弟とを殺したという所業が怯えを作っていたのかもしれない。表面は豪快を装っていたが、彼は夜、たびたびうなされた。

血まみれになった弟たちが夢枕に立つのである。そのたびごとに義竜は大声をだし、汗まみれになって飛び起きた。

そのせいか、彼は近頃、判断力が鈍ったのを我ながら感じた。岩倉城に早く出兵しなかったこともそのひとつである。

「もし上総介が尾張守護を名のるようになれば、面倒でござります」

と上田加賀守は義竜の顔色をうかがいながら言った。義竜も同感だった。

「どうする」

「都に刺客を放ち、討ちとりましょう」

と加賀守は岩倉攻めの失態を償うような提案をした。


永禄二年二月——

信長は供の者八十名を家臣から選んで上洛の準備をかためた。

目的はもちろん、将軍・義輝に拝謁して尾張守護の称号を与えられることである。守護職の名さえ得られれば、名実共に織田一門の棟梁として、一族に号令することができる。

これはやがてやらねばならぬ今川義元との決戦にも、どうしても必要な前提だった。

と共に——

信長は都と畿内の情勢とをこの眼でしかと見ておきたかった。特に鉄砲の生産地、堺の視察はこの旅行の重要な目的だった。

もちろん、信長は美濃を通って都に向う路はさけた。

(あの男のことだ。道中を狙って襲ってくるやもしれぬ)

もともと当時尾張から京に向うのは現在とはちがって、桑名から亀山方面に出て、山越えで近江に出る路を使った。江戸時代でさえ参勤交代の折にも同じだった。

信長もこの路に向った。しかし別に乱波を美濃に潜入させ京に向わせた。それらの者はたがいに連絡をしあい、美濃のなかで怪しい動きがあればただちに信長一行に連絡することになっていた。

義竜のほうも、三十人ほどの者を刺客として都にのぼらせていた。

討ち手の名は小池吉内、平美作（へいのみまさか）、近松田面（たのも）、宮川八右衛門、野木次左衛門だということが知られている。

小池吉内を頭目とするこれらの刺客隊は、信長一行の姿を探したが、ふしぎに出会（でくわ）さなかった。

「信長とて愚か者ではない」

と吉内は仲間に言った。

「美濃を通れば危なきこと、既に承知しておる。桑名より西に向ったのであろう」

だから都に先まわりをして、都で信長を襲うほうがよい、というのが吉内の意見だった。

吉内の予想は当っていた。

信長は紀州の山越えをしたあと、まず奈良を見物した。続いて堺を見物し、大坂に寄った。

後年、信長は徳川家康が畿内見物をしようとした時、自分がこの時に訪れた場所を訪れるよう奨めているが、これらの三つの地点は旅の間、軍事的にも政治的にも彼の関心を非常にひく場所だった。

特に堺については彼は前から非常な関心を寄せていた。街の商人たちが貿易で利をあげていること、鉄砲を製造していること、それらに信長は目をつけていたのである。

当時の堺の町は一種の自治都市だった。

町は環濠（かんごう）といって深い濠にとり囲まれて、外敵から身を防いでいた。宣教師ヴィレラはこの頃、堺を訪れて「ふかき堀にかこまれ、常に水みつ」と書いている。残念ながらこの環濠は天正十四年、秀吉の手で埋められた。

街は三十六人の会合衆（えごうしゅう）によって治められていた。会合衆たちは町の長老であると共に、富裕な貿易商人だった。彼等は朝鮮や沖縄や遠く中国にも銅や硫黄や刀剣を輸出し、彼の地からは砂糖や薬の原料や茶碗、書画、書籍を輸入していた。

活気にみち、景気ゆたかな堺を見物しながら、信長は、

「わかった」

と言った。

「なにが、おわかりになりました」

と供の金森長近が不審な顔をすると、

「堺をわがものにした者が畿内を制する」

と信長はひとりごとのように、

「堺は決して他の者に知行させてはならぬ。いずれ、ここは余が御台所（直轄領）となすつもりだ」

と呟いて金森長近を驚かせた。

「鉄砲町をみたい」

と彼は言った。

現在でも堺の北旅籠町に井上家という鉄砲鍛冶屋敷が残っていて、鉄砲を製造した工房や職人の鞴もそのまま置かれているが、当時、堺は鉄砲の生産地としては日本一でもあった。

鉄砲鍛冶の工房に入ると、信長は子供のように眼を赫かせて、その作業を見学していた。あまつさえ、

「鉄砲を注文したいが」

と言い、自分でその値を交渉した。

彼の頭には以前から、今後の戦はこの新しい兵器を使った側に利がある、という想念があった。畿内にのぼったのもこの鉄砲製造を見学するためだった。

そして彼は奈良やその周辺で仏教の侮りがたい力を知った。戦う相手は武辺の者たちだけでなく、あまたの門徒衆を駆り集める宗門の地上的な実力を無視できぬことも目のあたりに見た。

「奈良と比叡と……」

と彼は側近に語った。

「いずれは滅ぼさねばならぬな」

信長がこうして奈良、堺を経て都に向っている時、彼を暗殺すべく命を受けた三十人の男たちも上洛しつつあった。

関ケ原をすぎ白く雪の残っている伊吹山をみつつ、彼等は近江に入った。琵琶湖がひろがっている。近江に入ると美濃とちがい、春の気配もどこか漂いはじめたようである。

彼等が志那（現在の草津）で渡し舟に乗った時、一人の旅人がのりこんでいた。

「都に向われますか」

とその旅人はたずねた。

舟は湖をわたって大津にむかう。そこからは都まですぐである。

「都に何か御用で？」

とこの男はさりげなく持参した餅などすすめた。実は彼は信長側がひそかに放った乱波の一人で丹羽兵蔵という名である。

「これは……忝ない」

その餅を頰張りながら一人が答えた。

「京にはよき薬湯の風呂屋があるときいたのでな。この傷を治しにいく」

と彼は膝の傷口をみせた。

「戦の傷でございますな」

相手は兵蔵に迂闊なことを言ったのに気がついて、

「戦の傷ではない。山で転んでできた。ところでおぬしは……どこの者だ」

「わたくしは駿河の国の者でございます」

「義元公の御国だな」

「はい」

「駿河での動きはどうだ。誰もが義元公の大軍がやがては尾張に攻め入ると噂しておるが」

「さあ」

兵蔵はとぼけてみせた。しかし乱波者として彼の鼻はなにかこの男たちに臭いものを嗅ぎつけた。

「しかし尾張の織田上総介さまもなかなかの戦上手と聞きました。すぐには今川公に討たれますまい」

と彼は首をかしげ、わざと、

「こちらに参る途中、尾張を通りましたところ、上総介は強いという話をたびたび耳に致しました」

と相手を刺激するような言いかたをしてみた。

「上総介が？」

相手は兵蔵の罠にかかって、せせら笑った。

「あの男の運も長くはないぞ」

するとそばにいた彼の同僚がそっと袖を引っぱり眼くばせをした。餅をくらっていた男はあわてて口をつぐんだ。

「もう都でございますな」

兵蔵もさりげなく話題を変えた。

「賀茂の河原の見せ物、ごらんになりましたか」

「それが楽しみじゃ」

「寺々だけではなく、河原にても有難きお坊さまの御説法を聞くことができます。もし御縁あらば御案内いたしましょう。御宿はどこでございますか」

「さあ、まだ決めてはおらぬ」

さきほど口軽な仲間をそっと制止した男が警戒心をあらわにして言葉を濁した。

暮れがた、大津の湊（みなと）に舟がついた。三十人の男たちはそれぞれかたまって町のなかに入っていく。兵蔵は荷を肩にかついで、気づかれぬように後をつけた。

その夜、大津の町に泊った。旅人や湖の魚や貝を都に運ぶ荷馬の往還で騒がしい町も、夜になるとひっそりと静まり、湖の波が岸を叩く音だけがきこえた。

兵蔵は彼等の宿泊先近くの家に泊り、気配を窺った。

彼等の宿では酒盛りがはじまったらしく、笑い声や騒ぐ声がしはじめた。そしてその家から子供が出てきた時、かくれていた兵蔵は声をかけた。

「随分と賑やかだな。あのお客たちは都に湯に入りに行かれる方々とか」

「湯に？」

と少年は妙な顔をした。

「さきほど同じ舟に乗りあわせたがその折、そのようなことを一人が申されていた。……なんでも病によい湯が都にあるとかで」

兵蔵が出鱈目にそんなことを言うと、

「あのお方たちは」

と少年は笑った。

「美濃のお侍たちでござります。酔うてどなたかを殺める(あや)ため、お上りだとか申されておりました……」

「酔うてそんなことを申したか」

自分の強い言葉をうち消すため兵蔵は懐から銭を出して少年に与えた。

「酒をな、このわしにも売ってくれぬか」

少年は安心したような顔に戻った。

「こわい話じゃの、一体どなたを殺すのであろう」

「知りませぬ。上総介、上総介としきりに言うておられましたが、どなたのことでございますか」

「さあ、それだけでは、わしにもとんとわからぬ」

と兵蔵はとぼけた。

翌朝、まだ冷気が肌に痛い時刻、三十人の侍たちは宿をたって都へ上る街道を西に進んだ。兵蔵もまたその背後を気づかれぬように従った。

東山をくだり、逢坂の関を通過すると、そこから人家が少しずつ多くなった。都のはずれに入ったのだ。

やがて寺々の屋根や塔が望見できた。うちつづく戦であちこちが焼け野原になってはいるが、都は都である。

彼等は蛸薬師のあたりに宿をとった。一行が家のなかに消えるのを見届けてから、その門柱の木を削りとって目じるしにした。

その足で彼は信長の宿舎をたずねた。

信長の宿舎は室町通り、上京の裏辻にあった。

「火急の用事に候」

と彼は門番に告げた。

「金森さまか、蜂屋さまに尾張より丹羽兵蔵が参ったと御伝え頂きたい」

金森とは金森長近のことであり、蜂屋とは蜂屋頼隆のことであり、いずれも信長の使番（つかいばん）として活躍した家臣である。

金森長近と蜂屋頼隆の報告を受けた信長は、ただちに丹羽兵蔵を引見した。

「しかとその者たちの宿所、見定めたか」

「間違いなくこの頭に入れました」

信長の質問に兵蔵は額に汗を浮べて答えた。

「よう調べた」

と信長はうなずき、

「五郎八」

と金森長近に命じた。五郎八とは長近の呼び名である。

「明朝、この兵蔵をつれてかやつたちの宿をたずねよ。そしてこう申せ」

信長の教えた言葉は相手の度胆をぬく威嚇だった。

「なるほど」

と金森は笑った。

「戦は守るより、こちらから討って出ることでございますな」

「そうよ」

信長はこの時、やがて来る今川義元との戦いを連想した。

命を受けた金森長近は丹羽兵蔵に案内させて蛸薬師に出かけた。

「この家でござります」

と目じるしとして削っておいた門柱を兵蔵は指さした。

「そうか」

金森長近は裏木戸をあけて傍若無人に中にまわった。

十人ほどの男が思い思いの恰好で碁をうったり、横になったりしていたが、彼等は怪訝そうに金森と兵蔵とを凝視した。

「美濃の御歴々衆か」

と金森は一礼して丁重に言った。

「そうだ。だが何者だ、貴公は」

宮川八右衛門という一行の指揮者の一人がむっとしたように訊ねた。

「昨夜、御上洛をなされたそうだな」

「それが如何した。用件をいえ。名も名のれ。何者だ」

「失礼つかまつった」

と金森は微笑して答えた。

「手前、尾張の織田上総介、家臣、金森長近と申す。ただ今、主人、上総介は京におられ、貴殿たちの入京を承知されている」

金森が予想したように相手は度胆をぬかれ、顔色を変えて沈黙した。

「美濃の御歴々衆ならば上総介の内室は斎藤義竜さまの御妹君にあたられること、よう御存知であろう。ならば、なぜ挨拶に来られぬ」

「…………」

「手前共、室町通り、上京に宿っておる。いつでも御挨拶、承ろう」

驚愕している相手に微笑さえ見せて金森は兵蔵と裏口から出ていった。

その翌日――

「信長公記」は次のように書いている。

「翌日、美濃衆、小川表へあがり候。信長も立売(たちうり)より小川表、御見物としてお出で候」

これには若干、注釈がいるだろう。

美濃衆がたずねた小川表とは将軍の邸宅があったところである。

今谷明氏の「京都一五四七年」という本は中世の京都の模様を上杉本の洛中洛外図をもとに詳細に調べた好著であるが、それによると、ちょうど信長が京都を訪れた永禄二年から足利幕府は二条に将軍の新邸を造営したと書いている。

また小川の屋形といわれた細川昭元邸もこの洛中洛外屏風に描かれていて、板葺きの屋根ではあるが六棟の建物に築地の塀をめぐらした堂々たる建物である。

信長が二つを見物に出かけたのは、おそらくこの小川の細川邸が都でも評判の豪壮な家だったからだろう。

あるいは尾張守護の称号を受けるためには、また細川邸に挨拶に出かける必要があったためとも推測される。

だが、この小川表をたずねた時、信長とその供は思いがけなく彼を暗殺する美濃衆たち五人と出くわした。

その五人とは先にも書いた小池吉内、平美作、近松田面、宮川八右衛門、野木次左衛門である。

まず金森長近が足をとめた。

「あの者たち」

と彼は信長に小声で教えた。

「美濃から上って参りました奴めらでございます」

お気をつけくだされませ、と言うと刀の柄に手をかけた。

だが信長は金森長近の制止に耳をかさず、つかつかと五人のほうに歩いていった。

向うも信長に気づき、蒼白になって身がまえた。

「汝等か」

と信長の声は鋭かった。

「この上総介が討ち手にのぼりたるとな」

相手は驚愕して答えられない。

「若輩（若僧）の奴ばらが進退にて信長を狙うとは蟷螂が斧とやらん」

弱虫どもがこの信長を狙うとは、かまきりの斧のようなものだ、と言ったのである。

「ここにて仕るべく候や」

ここで決着をつけようかと信長は威嚇した。度胆をぬかれて相手は立ちすくんだ。喧嘩上手の信長の勝ちだった。彼はそのまま、くるりとうしろを向き供の者と立ち去った。

だが信長は四、五日後、身の危険を避けるために京都を急に出発した。彼は平地を選ばず、近江の守山に一泊、翌日の雨のなかを早朝、鈴鹿山脈のほうに向った。永源寺のある相谷から千米の山をこえ、二十七里を踏破して夕方、清洲に戻っている。その体力には驚くほかはない。

嵐の前

信長が上洛したこの永禄二年には――

今川義元の軍師であり、政治顧問だった雪斎は既に息を引きとっていた。

彼の死は義元にとっても今川家にとっても大打撃だった。

義元が家督をついで、関東の北条氏康や甲斐の武田晴信と同盟を成立させ、また縁戚関係を結ぶことができたのも、雪斎の並々ならぬ外交手腕によるものだった。

「辛い」

と義元は心の底から思った。

「だが、雪斎の考えは余の考えである。雪斎の素志は必ず果してみせよう」

雪斎の素志とは義元が西に向うことだった。

まず尾張に侵入する。領国を強大にしてから次の北上を準備する。それが雪斎の構想だった。

義元の勢力圏にある三河と尾張の接点には前にものべたように鳴海城や大高城がある。鳴海の城主は山口教継（のりつぐ）という男であり、彼ははじめは織田氏に属していたが、やがて今川氏に寝がえって、信長の攻撃をうけた。

このように織田領と今川の勢力圏の境界にある小城主たちはその帰趨（きすう）が非常に曖昧だった。

「あの者たちを寝がえりさせねばなりませぬ」

と雪斎はかねがね義元に具申していた。

更に雪斎は織田氏の経済封鎖を計画している。

織田氏の経済基盤は木曾川に面する勝幡、津島、二ノ江（現在の荷之上（にのうえ））、鯏浦（うぐいうら）（現在の弥富町）であり、ここから川を利用した貿易の利潤を吸いとることだったが、雪斎はそこに注目したのである。

「あの一帯で力ある者は服部左京進と申す者でございます。その服部をわれらが味方に引き入れることが肝要かと存じます」

雪斎は服部左京進が一向宗の坊主であることを知っていた。

調略が早速、行われた。雪斎のたくみな駆け引きに左京進は感心して、

「承知仕った」

と承諾している。

あとの話になるが左京進は桶狭間（おけはざま）の戦の直前、兵船千余隻で織田側の海の拠点、熱田湊に放火しているが、これは今川側とのあらかじめの約束によるものだ。

更に――

義元は尾張に面する海上も制圧しようと計画した。

知多半島に師崎（もろざき）湊という海港がある。ここに千賀与五兵衛という豪族がいた。これともひそかに同盟を結んで、いざ織田側との合戦の時は富永口（現在の名古屋市中川区）を攻撃するよう依頼している。

要するに信長はいつの間にか、義元に大きく包囲されていたのである。

この大包囲陣のなかで最も重要な前線基地の一つが鳴海城だった。

鳴海城の城主は山口教継である。六年前の天文二十二年、彼はひそかに今川側の援護の下に信長にたいする逆意を持っていた。

そして赤塚村を戦場にして、まだ二十歳だった信長と二時間にわたって激戦をかわした様子は既に書いた通りである。

「あの鳴海を手に入れるか、否かが尾張攻めの鍵となりましょう」

と雪斎はかねがね義元に語っていた。

赤塚の戦から四年後――

義元のところに噂が流れてきた。

「どうも山口教継がふたたび信長側と通じている気配でございます」

その報告をしたのは井戸田右左衛門という男だった。右左衛門は今川方の乱波で猿まわしに化け鳴海のあたりを徘徊していた。

その時、彼は宿でハゲ鼠のような顔をした針売りにあった。

その男と何かと雑談しているうち、

「鳴海の城にこの頃、織田さまの御家来らしい方がよう参られているが……不審な話よ」

と首をかしげてみせた。

「不審とは」

井戸田もわざと素知らぬ顔をしたが、胸がどきどきしていた。彼は今、重要な情報を手に入れたのだ。ハゲ鼠のような男は、

「鳴海城はたしか今川義元さま側に加わり、信長さまの敵になった筈。それが今、織田家の御家来が参られるのは合点いかぬ」

「ほう。しかし、どうして織田さま御家来とわかった」

「それはな、清洲でその御家来の顔をみたことがあるからじゃ」

井戸田は確証はなかったが、この話を義元に報告することにした。

「山口教継」

ありうる、と義元は思った。

山口教継は今川家直属の家臣ではない。鳴海一帯を本拠地にする国人だから、彼が利によって動くのは大いに考えられることである。

（そうか）

義元は亡き師、雪斎の言葉を思いだした。

（鳴海を手に入れるか、否かが尾張攻めの鍵となりまする）

そうか、もしそうならば山口教継をとり除いて、今川家譜代の家臣に鳴海城を与えておかねばならない。

鳴海は尾張の平野部と知多とを結ぶ地点である。絶対に今川のものとする必要がある。

（教継を殺さねばならぬ）

決心は瞬時にしてきまった。

山口教継は息子の九郎二郎と共に威儀を正して駿府城に向った。

彼はさきほどの信長への謀反や大高城を攻撃する手助けをした功績に、当然恩賞あって然るべきと考えていた。それだけに、毫もこの駿府行きに身の危険を感じてはいない。

駿府はさすが義元の居住する堂々たる館を中心に家並みが広く並んでいる。海風にさらされた鳴海城の周辺とはあまりにちがっている。教継も九郎二郎も身を固くして駿府城に入った。

義元は風流の人ときいてはいたが、その趣味の深さは通された広間の造作、装飾を見ただけでこの田舎侍たちにもよくわかった。

「教継、たびたびと苦労であった」

上座に坐った義元はその肥満した体を大儀そうに脇息にもたれさせて、はるか下座に平伏している山口父子にねぎらいの言葉を与えた。

「やがて義元が尾張攻めの折には鳴海の城と大高の城は敵の咽喉を狙う切所(せっしょ)となろう」

「有難き仕合わせ」

教継は義元が口にした二つの城を自分に保証してくれると思ったから、思わず声をつまらせ礼をのべた。

「この件、岡部元信とよく相談いたせ」

義元はふしぎなことを言い、大儀そうに立ちあがり、小姓をつれて退出した。何となく奥歯にもののはさまった感じだった。

「岡部元信にござる」

と列座していた骨太の男が教継に声をかけた。

「ただ今もお屋形さまよりお話あったごとく、鳴海の城はやがての合戦の切所なれば、この岡部元信が貴殿にかわって城主を務めることとなり申した」

元信はまるでこの言葉を暗記していたようにすらすらと言った。

はじめ、山口父子は元信が何を言っているのか、わからなかった。夢にも想像をしない内容だったからである。

「失礼ながら何と……申された」

「この岡部元信が以後、鳴海の城をおあずかり申す。お屋形さまのお指図ゆえ」

「鳴海の……城を。それでは我ら親子はどこに参る」

「この別室にござる」

「別室」

「御自害の支度は別室に調っておる」

岡部元信は平然として顔色ひとつ変えなかった。

山口教継の顔が朱にそまった。

「無体（むたい）な」

襖があいた。抜刀した侍が十人ほどそこに立っていた。

「潔う、腹を召されよ」

と元信はあごで隣室を示した。

「無法ぞ」

「無法ではござらぬ。そこもと親子が清洲の信長にふたたび寝がえったこと、既に我らは存じている」

岡部元信はそう怒鳴りながら、自分の言っていることが理不尽であるのを感じた。山口父子の顔を見ているうちに、この二人が決して謀反など起していないことがわかった。

だが、道理だけでは物事は解決しない。戦の時代にはたとえそれが言いがかりであり、難題であっても相手に吹っかけねばならぬ。

「そのような憶え、天地神明に誓ってこの教継にはない」

教継は男たちに腕や肩をつかまれながらもがいた。襟は開き、袴もひきちぎられ、腰におびた小刀も取りあげられていた。

「天地神明に誓わずともよい。死をもって申し開きをなされよ」

「糞」

教継の口から初めて憎しみの言葉が洩れた。

「それが駿河殿のなされようか。それが駿河衆の仕うちか。汚き上にも汚き奴ばら。利のためには手だても選ばぬ。ようし、みごと腹かき切って鳴海衆の潔白みせてくれるわ。今川義元の最期はこれによって決った。この教継、その日、嵐となり雷雨となって信長に味方して、義元への無念をきっと晴らしてみせる」

岡部は教継をあわれと思ったが、次のように言わざるをえなかった。

「教継殿よ、そなた御父子の御首、この岡部元信が手あつくお葬り致す。それは神仏に誓って
お約束致す」

教継は息子の九郎二郎に、

「駿河の者たちの前で、山口父子の潔さをしかと見せようぞ」

と励まし、自分を押えつけている者たちの手を払った。

そして乱れた衣服をなおし、命ぜられた次の間に落ちついて入った。

「岡部元信、御介錯仕る」

父子がそれぞれ短刀のおかれた場所に端座すると元信は刀を引っさげて背後に立った。

父子の壮烈な自決は僅かな時間に終った。城内、これに気づいた者は少ない。

「元信。鳴海城をそのほうに与える」

報告をきいた今川義元は山口親子の死を、あたかも当然のことのように静かに受けとめた。

これで——

尾張との国境はまず今川勢にとって確実な勢力圏となった。

次には各砦にあらかじめ兵糧を入れておかねばならない。

この頃になると連日のように駿府では軍議、談合が開かれている。いよいよ尾張進入のための具体的な準備が実行されはじめたのだ。

今日でも残っている文書にも、

「当国ニ於イテ、滑皮弐拾五枚、薫皮弐拾五枚ノ事、右、来年、買ウベキ分、相定メシ如ク、員数タダ今、急用ノタメシ条、非分ナク、申付ベク者也。ヨッテ件（くだん）ノ如シ。永禄弐年」

日付の通りこれは尾張進攻前年の文書である。要旨は来年、上納させる滑皮や薫皮を急用のため至急、納入せよということだ。

これらの皮を馬の鞍や鎧に使うことは明らかである。義元はいよいよ戦闘準備にかかったのである。

永禄二年の文書には次のような軍令も発布されている。

一、兵糧ならびに馬飼料、着陣の日より下行たるべきこと

一、出勢の日次（ひなみ）相違なく出立せしめ、奉行しだいその旨を守るべきこと

一、城囲いの時、兼ねて相定むる攻め手のほか停止（ちょうじ）のこと

一、合戦出立の先陣後陣の儀、奉行の下知（命令）を守るべきこと

軍令には他の箇条もあるが、これをみると、信長との合戦が更に具体的に迫りつつあることが感じられる。

もちろん乱波（忍者）は敵の動きをみるために尾張に送りこまれた。

ところが義元の耳に入ってくる彼等の報告は笑止千万なものばかりだった。

「信長は鳴海城の北と南と東に砦らしきものを作りましたが、いずれも砦とも申せぬほどのものでございます」

乱波の写してきたこれらの砦をみると、土塁のみを掘りあげたあわれなものである。

鳴海と大高城を分断するように鷲津、丸根の二砦をきずいたが、鷲津の場合も東西十四間ぐらいの長さしかない。もちろん砦を守る兵の数は多くて五百そこそこであろう。

「これで」

とさすがの義元もあきれ、

「駿河勢三万をささえるつもりか」

信長は何を考えているのか、と彼は不安にさえ思った。しかし乱波の報告は彼をして勝利疑いなしという安心感を起させた。

「四日にして戦はすべて片付こうぞ」

と彼は重臣たちに笑った。

心のどこかに隙ができた。小さな隙である。しかしその小さな隙が義元の命取りになることはこの時、彼は夢にも考えていなかった。

義元の乱波はまた斎藤義竜の領国美濃にも探りを入れた。

既にわかっていることだが、義竜と信長とは仲たがいをしている。その仲たがいの模様を義元としては確認しておかねばならない。

もし尾張に侵攻した場合、万が一でも義竜が信長を支援したとすれば事が面倒になる。だから義元は、

「大丈夫か」

と乱波の報告を上申する家臣宇佐見左衛門に再三、たずねた。

「御安心くださりませ」

と左衛門は答えた。

「義竜は信長を憎んでおります。のみならず、義竜はどうやら病にかかった模様でございます」

「病？」

「さだかではございませぬが、乱波は稲葉山城に次々と医師(くすし)が参上するのを見ております」

「なんの病だ」

「背に腫れ物ができ、いたく悩んでいるとか。そのため義竜は寺をたて別伝(べちでん)とか申す僧に帰依している由にございます」

義元は考えこんだ。

「美濃に使者を送れ」

「使者でございますか」

と宇佐見左衛門は畏まった。

「使者をもって余の意を伝えよ。信長暴虐を懲らしめるべく、義元、兵を尾張に送るが、美濃の義竜殿に敵対する心は持たぬ。そう伝えさせよ」

「は」

「ならびに駿府より医師を同伴せしめ、薬草を送り、病の快癒を願うておると申せ」

宇佐見左衛門が退出したあと、義元は今こそ絶好の進攻の刻だと思った。

甲斐の武田とも関東の北条とも同盟を結んだ。更に美濃の斎藤義竜が敵になる様子はない。

だが戦国の世のなかである。

いつ情勢が変るかもしれない。まるで秋の空のように動きが速いのだ。

だから――

このチャンスを逃せば進攻にとって不利な条件が起きるかもしれぬ。信長の力は今より増大もするであろう。

「出陣は」

と義元は重臣たちに申しわたした。

「来る五月と致す」

重臣たちはどよめいた。いよいよ、その日が切迫した。

「だが、他言は無用ぞ」

信長はどう出るだろう。今川の大軍の前に手も足も出ない筈だ。

今川方が出陣の準備がほぼ出来あがった永禄三年の尾張はどうだったろう。

「信長公記」にも「信長記」にもこれに関し手がかりとなる文章がないが、有難いことに「武功夜話」が前野家という一軒の家で何が起ったかを伝えてくれる。

前野家は既に書いたように生駒家の生産する油や灰を運搬する仕事をやっている。そしてその馬方たちの元締めが蜂須賀小六である。したがって生駒、前野、蜂須賀家三家はたがいに同じ仕事を協力しながら親戚でもあった。

永禄三年の元旦に、前野家の親類たちが寄り集まっているところに隣村から、蜂須賀小六と前野将右衛門が年賀にやってきた。

年賀の挨拶がすんだところで、

「えらい事が起るぞ」

と蜂須賀小六が切りだした。

「また戦か」

と誰かが口にした。

戦争なら彼等は馴れていた。

この二、三年でも信長は弟信行と戦い、岩倉城の織田信賢と戦い、いわば戦であけくれているから、一寸したことで前野村の前野家はもう驚かなくなった。

「いや、そんな小さい戦ではない」

と小六は深刻な顔をして首をふった。

「駿河の大軍がいよいよ、この年あけにでも尾張に攻めてくるのじゃ」

「え」

一同はかねてその風評はきいていたが、まだまだ先のような気がしていた。「寄りあい候一同、霹靂（へきれき）にうち砕かれたる如く仰天、しばし呆然口を開く者もこれ多く」と「武功夜話」は書いている。

「なぜ、それがわかった」

と一人が小六にたずねた。

「俺はな、この将右衛門と二人で三州表へ出かけたのじゃ。藤吉郎殿にたのまれて、向うの動きをみてくるつもりであったぞ」

「ふむ」

もともと蜂須賀小六の本家は三州の牛久保である。一族は志段味（しだみ）、水野、品野あたりに散在している。

だから情報は手に入りやすかった。

それによると、

「治部大輔（義元のこと）さまは今年の春にも早々と大軍をもって尾張攻め。既に各地より続々と旗さし物をつけた侍が足軽をつれて駿河に集まっている。松平党もその先陣を願い出ている」

そういう話が至るところから二人の耳に入ったという。

「いつ攻め上ってくるのじゃ」

「春と耳にした」

「駿河勢の数は」

「三万」

一同はものも言えない。三万の大軍など尾張では動いたことがない。信長はとても歯がたたない。

「駿河勢の大軍に大旦那さまはどう刃向われるであろうか」

誰もが関心のあるこの問題に小六はこう答えた。

「所詮は蟷螂（とうろう）の斧」

「蟷螂の斧？」

「そうよ」

したり顔で小六はうなずき、

「信長さまは岩倉城の軍勢をわがものにされたとしても三千か四千の軍勢。国ざかいの鳴海、大高も今川側のものとなった今、清洲の城にこもって身を防ぐより仕方あるまい」

「ふむ」

「しかしこれとて長く保（も）って二十日か二十五日」

「信長さまは三千か四千の軍勢しか集められぬか」

「まずな、一門衆では守山城の織田信次様、犬山城の織田訃巌さまと、それに林通勝、柴田勝家さまの手勢とをかり集めても三千か、四千か」

小六はその人数さえ怪しいと心中では思っていた。駿河勢が怒濤のように押しよせれば、一門衆のなかにも、尾張の国人のなかにも寝がえりをうつ者が出てくるだろう。

「風前の灯だな」

「降参は必定であろうか」

「うむ。古来、籠城は糧道つきればそのまま落城につながる。清洲城もおそらく同じことになろう」

「その折は、駿河の大軍はこの地にも押しよせて参ろう」

と黙っていた前野将右衛門が口をひらいた。

「お婆さまをはじめ、童たちをここより逃がさねばならぬ。さいわい河内にも親戚の又五郎が住んでいるゆえ、又五郎の家に連れていくのはどうじゃ」

以上のような相談が前野村の前野家一同で行われたことが「武功夜話」に書かれている。しかし、同じようなパニックは尾張のあちこちの村や家を襲ったことに間違いがない。

この記述を読んで面白いのは、蜂須賀小六をはじめ前野家の面々が、信長の勝利にたいしてほとんど悲観的であったことである。

また、駿河勢を迎えうつことのできぬ清洲は籠城より他の作戦はないが、それもやがては降参するだろう、と思っていた点も面白い。

信長の剛勇は尾張ではどうやら知られるようになったが、その兵力は駿河軍にたいしてあまりに少なすぎた。それも尾張の国人たちはよく知っていたのである。

こういう暗い空気のなかで、永禄三年の正月がすぎた。

「一体、信長さまはどうなさるおつもりじゃ」

家臣も百姓たちも不安感のなかでこの年の冬を送った。

この際、蜂須賀小六のことで付け加えたい。

当時の小六は信長の家来でもなければ誰にも仕えていたわけではなかった。自由奔放に生きる彼には、固くるしい奉公は性にあわなかった。

「武功夜話」によると、後の秀吉——当時の藤吉郎がたびたび仕官を奨めたが、どうしても小六は首を縦にふらなかった。

その彼のところに不意に藤吉郎が姿をみせたのは、いよいよ駿河で大軍が出動する、という噂が前野家にも伝わった頃だった。

「おぬしが」

と藤吉郎は誠意を表にあらわして言った。

この頃の藤吉郎は「武功夜話」をみると抜けめのない智慧に富んでいた上に、対人関係においては実に他人からの信頼を得ようと努力している。おそらくこの頃、将来にそなえて人脈を作ろうとしていたにちがいない。

だからこの時も、

「小六殿がこのような頼みに耳傾けてくれるとは思わぬが……ひとつ黙って承知してくれぬか」

「仕官せよという例の話か」

と小六は苦い顔をした。

「いや、そうではない。おぬし、ひとつ、駿河に参ってくれぬか」

「駿河?」

「おぬしの血統の者が、駿河のあちこちに住もうておるとか聴いたことがある。さればその一党を集めて一働きをしてくれぬか」

「ほう」

小六の顔に好奇心が浮んだ。

「何をするのじゃ」

「岡崎から尾張までの道すじで」

と藤吉郎は懐中から地図をとり出して、

「どの道を義元の軍勢は通ると思うか」

小六はじっと地図をみて、

「鎌倉往還の街道を通り善照寺の方角に向うか、あるいは」

あるいはと言って首をかしげ、

「丸根、中島の砦を攻めさすため、東海道をのぼるか、そのいずれかであろう」

「なるほど」

藤吉郎は感心したようにうなずいて、

「さすがは小六殿だ、そこで」

と声をひくめた。

藤吉郎の話をじっと聴いていた小六は沈黙していたが、

「それは藤吉郎殿の考えか。それとも、まこと信長さまからの御指図か」

とたずねた。

「恥ずかしいが」

藤吉郎は答えた。

「この藤吉郎の頼みだ。だが策が策だけに決して他言はしてくれるな」

と言った。

目前の大危機に際して、信長は軍議も開かず重臣たちとの談合もしなかった。

だから林通勝のような信長に不満を抱いている重臣は思わず、

「これにて織田家の命運つき果てたるよ」

と悲観論を口にしたほどだった。

だが信長は、

「今更、思案致して何になろうぞ」

呵々大笑をしてまったく取りあわなかった。しかも「武功夜話」によると、この永禄三年の初春、少し川水がぬるくなりはじめた頃、信長は吉乃を訪れ、その翌日、川役人、村瀬平九郎をよび、東出口古川で魚のつかみ取りに興じている。

この日は少し寒かったが川を瀬切り、水をかえ、鮒や鯰のつかみ取りに信長は興じた。

「この古川の泥鰌ほど、うまいものはないぞ」

と彼ははねる魚を両手につかんで、白い歯をみせて笑った。

この時、藤吉郎は尻をはしょり、水桶をかかえて直立していた。その全身は泥だらけになっていた。

彼のそばにいるお伴衆の市橋伝左衛門が、同輩の佐藤藤八に呟いている言葉が藤吉郎の耳に聞えた。

「駿河の大軍が参ると申すのに、殿はあのように振る舞うておられる。大胆と言うべきか、無策と申すべきか」

「しっ」

佐藤藤八は指を口にあてて同輩をたしなめた。

その会話をききながら、

「殿はさすがよ」

と思ったのは藤吉郎一人だけだった。

川の土手では、小折村や近辺の者たちが信長のつかみ取りを笑い興じながら見ている。

そのなかには今川方の間者も加わっていないとは限らないのだ。

彼等を欺き、今川側を油断さすために、信長が川遊びに興じているのを藤吉郎はよく承知していた。

「戻るぞ」

と信長は笑いながら土手にのぼった。

そして、

「その桶を」

と藤吉郎に命じ、桶をうけとると、

「くれてやるぞ」

と、土手で指を口にくわえて集まっていた土地の子供たちに与えた。

「近きうちにおどり興行を致すゆえ、老い者も若き者も一夜、楽しむがよい」

彼は向う側の土手に集まっている百姓たちに叫ぶと、ひらりと馬にとび乗った。

信長が魚とりに興じた日――

藤吉郎からの指図を受けて三河と駿河に赴いた蜂須賀小六と前野将右衛門は、牛久保村、祐福寺村に住む親類たちを頼って、三州一円を偵察してまわっていた。

一目みて、もはや義元の出陣が眼前に迫っていることは明瞭だった。

都に上る街道筋の所々には兵糧が準備され、飼葉もうずたかく積まれていた。

その上に要所、要所には厳重に関所を設け、旅人や通行人に監視の眼を光らせていた。特に府中から掛川、浜松に至る路の警戒は言いようがない。

「将右衛門」

と小六は溜息をついた。

「案じていた通りだ」

「うむ」

「この分では治部大輔（義元）は府中を発向して五、六日後には尾張国境に入ってくるであろう」

二人はその後、二日にわたって丹念に街道を見てまわった。そして彼等なりにある手がかりをえて、尾張に戻った。

生駒屋敷のある小折村に近づくと、松明の炎があちこちに動き、太鼓や笛の音がきこえてくる。

「戦か」

思わず二人は足をとめて耳を傾けたが、やがて小六は声を出して笑った。

「将右衛門、あれは戦支度ではない、おどり興行じゃ」

おどり興行とは今の言葉でいうとダンス・パーティーのことである。

「だが、この一大事の折におどり興行とは」

彼等は不審な面持で、加納馬場とよばれる場所に近づいた。現在もこの地名が愛知県江南市の一角に残っている。

その加納馬場には松明がいくつもかかげられ、人の輪ができ、その輪が太鼓、笛にあわせて踊っていた。

「今宵は無礼講ぞ」

とその輪のなかから、信長のかん高い声がきこえた。

「無礼講なれば弁慶なるも判官なるも、まかり候え、まかり候え」

その高い声には微塵も不安がない。いかにも楽しげでのびやかである。

(殿は……)

小六は絶句した。

(駿河、三河の街道すじがどのようになっているか御承知ないのか)

出陣の準備であわただしいその街道の光景を思いうかべて、

（なんという胆の太いお方じゃ）

と小六は舌をまいた。

二人はなんとか信長に報告をしたいと思ったが、二、三百人にちかい男女が篝火（かがりび）の周りを踊っているし、肝心の信長も剽軽に踊り興じているので、邪魔するわけにもいかない。

その上、こういう時、要領よく信長に進言してくれる筈の藤吉郎の姿がみえない。仕方なく生駒屋敷の築地の塀ぎわに控えていると、

「小六ではないか。いつ戻ったのだ」

声をかけてくれたのは生駒家の主人・八右衛門だった。

八右衛門は事情をきくと、

「承知した。旦那さまに申しあげてみる」

と一息を入れた信長のそばにより、

「恐れながら、ただ今、築地側に控える神妙なる者、お見知りおりの蜂須賀、前野の者でございますが、火急の件につき御注進に戻ったばかりにございます。御拝謁あって然るべきと存じますが」

と腰をかがめて言上した。

「八右衛門」

信長はまわりに聞えるように、

「折角の興を妨げるつもりか」

と叱ったが、

「是非もない。茶の用意を致せ」

と書院に向って歩いていった。

八右衛門は蜂須賀小六と前野将右衛門とに、

「旦那さまの御機嫌は斜めだぞ。それを心得てついてこい」

と囁いた。

書院に入った信長は矢庭(やにわ)に、

「不粋なる奴等、夜中の推参は何用であるか」

と怒鳴りつけた。

先にも書いたが、信長が怒る時の大声は実に迫力があったらしい。家臣たちは縮みあがったという。

「これら蜂須賀小六、前野将右衛門と申して、畏れながら三河、駿河の動静を探り戻ったばかりにござります」

と生駒八右衛門はさすが年輩者らしく、二人をかばった。

「申せ」

「三河の松平党は大高城に兵糧を運び、府中までの切所も飼葉をうずたかくつみ、義元の出陣、この三日、四日のうちと思われます」

将右衛門は必死で自分の見た通りを報告した。

「それだけか」

「はは」

「それだけならば見ずともわかる」

「いえ、もう、ひとつ、ござります」

と小六も声を震わせた。

「実は藤吉郎殿に頼まれましたこともこの紙に調べて参りました」

小六はふところから一枚の紙をとりだした。

小六は恭しく紙を信長に捧げわたした。

燭台を縁側に近づけて、信長は紙に書かれた駿府から三河に至り尾張に入る二つの街道の詳細な絵図を凝視した。

「おそれながら、朱筆を入れてあります場所が街道のうちでも山が迫り、隘路となっておる地でございます。藤吉郎殿の指図により、隘路は丹念に調べて参りました」

小六の言葉に信長は真面目にうなずいた。

（これだ、余のほしいのは）

と彼は心のなかでさすが藤吉郎だと、悦びを感じながら呟いた。

敵は大軍、味方は小勢、織田軍の弱点は寡兵をもって大軍にぶつからねばならぬことだ。

その時の戦場はひろびろとした川原や原野であってはならない。敵の大軍が大軍の能力を制限される隘路か、狭い地域を戦場とせねばならぬ。

しかも正面衝突は絶対に避けるべきである。ひたすら目標を今川義元の首にしぼり、他の将兵は相手にしない。義元の首さえ手に入れれば、相手は気力を失う。戦意を喪失する。

そのほかに作戦はない。

地図を凝視しながら信長は、

「緒川か、刈谷の二つか」

と朱筆の入っている狭路を考えた。そのあたりの地形ならば彼はよく知っていた。

「お役にたちましょうか」

小六がたずねると、信長は地図をまきながら、わざと、

「役に立つも立たぬも向うは三万余、わが手勢は僅か。この期におよんで、何の手だてのあろ

うや。所詮は労あって益なきことよ」

と笑い声をたてた。

要するに作戦など立てようがない、と言ったのである。小六も将右衛門も拍子ぬけがした気持でうなだれた。

折角、駿河に赴き、丹念に調べあげた地図を見て、今更「何の手だてのあろうや」と言われれば口惜しい以上に情けなくて仕方がない。

「さあ、おどりに参るぞ」

と信長は勢いよく立ちあがった。

「汝等も加われ。今宵は無礼講ぞ。夜の白むまでおどり明かして苦しゅうはない」

立ったまま、茶を一口飲むと彼は茶碗を生駒八右衛門にわたし、書院から去った。

「わからぬぞ、わからぬぞ」

と小六は憤慨して、

「かような地図なんの役にもたたぬと仰せだ。何をお考えなのか、俺にはわからぬ」

「藤吉郎殿にきくことじゃ」

と将右衛門は小六をたしなめた。小六はこの時から信長にある確執を持ったようである。

一晩、踊りあかして空が白みはじめた。

篝火の火が燃えつき、歓楽に酔いきった群集は信長が去っていくのを見送ってから、それぞれに家路についた。祭りのあとのわびしさが加納馬場を包んでいた。

清洲まで馬を走らせて帰城した信長は、

「眠るぞ」

と言うと寝所に入り、二時間ほど、死んだように眠った。

眼ざめると彼は小姓をよび、

「沢彦会恩殿をおよびせよ」

と命じた。

沢彦会恩については既にのべた。

信長はこの禅僧をよぶ時は敬語を使った。精神的に敬意を払うものがこの僧のどこかにあったのだろう。

沢彦会恩はこの頃、たまたま清洲に来ていた。信長は決戦をまぢかに控えてこの禅僧に指導を受けていたのである。

師が姿を見せるまで信長は結跏趺坐の姿勢をとって瞑目した。

あの小折村の乱波たちの報告によると、もう義元の大軍が進撃するのは数日に迫っているようだ。

それに勝つには乱れのない心。動揺した心からは迷いが生じ、迷いは見ぐるしいあがきを生む。

見ぐるしくはありたくない。死にざまは潔くありたい。

彼は呼吸を整え、半眼に閉じた眼に止水の世界を凝視しようとした。

その時かすかに人の気配がした。

「お僧か」

と眼をとじたまま信長はたずねた。

「いかにも。お召しにより参上いたしました」

と沢彦の声。

「死中に活はありや、なしや」

と信長は冷静な声でたずねた。そして師の教えを待った。

「ありや、なしやと迷う時、活は失われます」

という返事が彼の耳にきこえた。

「承服仕った。更にひとこと御教えを頂きたい」

「今更、申しあげることはございますまい。殿は既に御承知の筈。敵をあざむくにはまず味方より、あざむくべし」

敵をあざむくには、まず味方よりあざむくべし。

信長の頬におのずと微笑がうかんだ。

「忝ない」

「言語は道断でござります」

禅僧は静かに退出していった。

言語は道断とは、この死中に活を求めねばならぬ時、議論など無駄だということだった。

P+D BOOKS ラインアップ

P+D BOOKS ラインアップ

焔の中	吉行淳之介	●青春=戦時下だった吉行の半自伝的小説
男と女の子	吉行淳之介	●吉行の真骨頂、繊細な男の心模様を描く
剣ケ崎・白い罌粟	立原正秋	●直木賞受賞作含む、立原正秋の代表的短編集
上海の螢・審判	武田泰淳	●戦中戦後の上海を描く二編が甦る!
快楽(上)	武田泰淳	●若き仏教僧の懊悩を描いた筆者の自伝的巨編
快楽(下)	武田泰淳	●教団活動と左翼運動の境界に身をおく主人公

P+D BOOKS ラインアップ

P+D BOOKS ラインアップ

風の息（下）	松本清張	●「もく星」号事故解明のキーマンに迫る！
廻廊にて	辻邦生	●女流画家の生涯を通じ〝魂の内奥〟の旅を描く
夏の砦	辻邦生	●北欧で消息を絶った日本人女性の過去とは…
海市	福永武彦	●親友の妻に溺れる画家の退廃と絶望を描く
風土	福永武彦	●芸術家の苦悩を描いた著者の処女長編作
夜の三部作	福永武彦	●人間の〝暗黒意識〟を主題に描かれた三部作

（お断り）

本書は1994年に講談社より発刊された文庫を底本としております。
あきらかに間違いと思われるものについては訂正いたしましたが、
基本的には底本にしたがっております。
また、底本にある人種・身分・職業・身体等に関する表現で、現在からみれば、
不当、不適切と思われる箇所がありますが、著者に差別的意図のないこと、
時代背景と作品価値とを鑑み、著者が故人でもあるため、原文のままにしております。

遠藤周作（えんどう しゅうさく）
1923年（大正12年）3月27日—1996年（平成8年）9月29日、享年73。東京都出身。1955年「白い人」で第33回芥川賞を受賞。キリスト教を主題にした作品を多く執筆し、代表作に『海と毒薬』『沈黙』など。

P+D BOOKS

ピー プラス ディー ブックス

P+Dとはペーパーバックとデジタルの略称です。
後世に受け継がれるべき名作でありながら、現在入手困難となっている作品を、
B6判ペーパーバック書籍と電子書籍で、同時かつ同価格にて発売・配信する、
小学館のまったく新しいスタイルのブックレーベルです。

決戦の時（上）

2016年12月11日　初版第1刷発行

著者　遠藤周作
発行人　林　正人
発行所　株式会社　小学館
〒101-8001
東京都千代田区一ツ橋2-3-1
電話　編集　03-3230-9355
販売　03-5281-3555
印刷所　昭和図書株式会社
製本所　昭和図書株式会社
装丁　おおうちおさむ（ナノナノグラフィックス）

ISBN978-4-09-352290-8

P+D BOOKS